# SÉRIE B

Et autres nouvelles d'horreur

Charline Quarré

# SÉRIE B

# Et autres nouvelles d'horreur

© 2022 Charline Quarré

Édition : BoD – Books on Demand,
12/14 rond-point des Champs-Élysées, 75008 Paris
Impression : BoD - Books on Demand, Norderstedt, Allemagne

Illustration : skull-and-crossbones-2448209

ISBN : 978-2-3224-1116-0
Dépôt légal : Janvier 2022

## SOMMAIRE

| | |
|---|---|
| Les Allumés | 8 |
| Lettre à Vincent | 82 |
| Série B | 86 |
| Virus | 111 |
| Plus Rien Ici | 214 |
| | |
| Notes | 236 |
| Remerciements | 239 |
| Du Même Auteur | 240 |

# LES ALLUMÉS

« Vous êtes astigmate, Monsieur Garnier.
- Comment ça ? s'étonna Ivan. Ma vue est excellente.
- Cela n'a rien à voir. »

L'ophtalmologue se rassit derrière son bureau et réunit bloc d'ordonnances et feuilles de soin. Ivan passa une main anxieuse dans ses cheveux châtains rendus presque bruns par le gel qui disciplinait ses nombreux épis. Puis il rajusta son blazer, marqua une pause le temps de trouver des arguments en sa faveur, mais le médecin le devança.

« Cela n'a rien à voir avec la myopie ou la presbytie. Cela vous paraît indétectable, mais pour simplifier, le problème vient de la forme de vos yeux. Et c'est ce qui provoque vos migraines.
- Et donc ?
- Donc je vais vous prescrire des corrections.
- Des lunettes ?
- Voilà, des lunettes qu'il faudra que vous portiez devant les écrans : ordinateurs, télévision, cinéma... Et pour conduire aussi. Autrement dit, pour tout ce qui demande une concentration visuelle.
- Mais ... J'ai vingt-huit ans, je n'ai jamais porté de lunettes, tenta-t-il d'argumenter. Je ne m'attendais pas à ça, j'y vois très bien depuis toujours. Je pensais plutôt à quelque chose comme un médicament spécial pour les

douleurs. Mais pas des lunettes. Vous comprenez ? »

Le médecin ôta ses lunettes et se frotta les yeux d'une main constellée de taches de vieillesse. Il avait l'habitude des patients récalcitrants à ce genre de mauvaises nouvelles, surtout lorsqu'ils prétendaient avoir une bonne vue.

« Malheureusement, c'est la seule solution pour faire disparaître vos migraines, Monsieur Garnier. Voici l'ordonnance avec les corrections. Rappelez-moi votre profession ?
- Je suis cadre dans une banque privée.
- Vous passez beaucoup de temps sur votre ordinateur ?
- Oui.
- Alors essayez au moins de porter vos corrections pendant une semaine. Quand vous constaterez que vous n'avez plus mal à la tête, je n'aurai plus à vous convaincre de les porter.
- Très bien docteur. Merci. »

Ivan ne put s'empêcher d'en vouloir à l'ophtalmologue. Le pauvre médecin n'y était pour rien, il le savait. Mais il avait toujours cru pouvoir passer entre les gouttes. Il n'aurait jamais pensé devoir porter de lunettes avant un âge avancé. Il s'était trompé. Et Ivan ne supportait pas d'avoir faux.

Cela faisait six mois que son cerveau était traversé de spasmes insoutenables. Et il lui arrivait, au moment de s'endormir, de percevoir des flashes lumineux en fermant les yeux. Les médicaments anti-migraine que lui avaient prescrit son généraliste ne faisaient plus effet depuis quelques semaines, et ce dernier lui avait suggéré d'aller consulter un confrère ophtalmologue. *Ça vient peut-être des yeux*, avait-il annoncé, au grand étonnement d'Ivan.

\*\*\*

A dix-huit heures dix, Ivan reçut un message de l'opticien lui annonçant que ses lunettes étaient disponibles. Il s'empressa de quitter son bureau pour arriver au magasin avant la fermeture. Ses Weston frottaient à grande vitesse la moquette du dernier étage de la tour d'acier. Il salua les employés qu'il croisa d'un signe distrait et empressé.

« Alors Ivan ? T'as pris ton après-midi ? entendit-il.
- T'es en retard pour le marathon ? renchérit une autre voix
- Salut les gars, à demain, » répondit Ivan sans prendre la peine de tourner la tête vers Bruno et Jérôme assis côte à côte près de l'accueil.

Il avait pris l'habitude de se faufiler lorsqu'il passait à proximité de la paire infernale. Les deux commerciaux avaient la fâcheuse manie de multiplier les blagues lourdes et avaient au moins l'avantage de se trouver hilarant l'un l'autre. Mais Ivan n'était pas client. Il s'esquivait à chaque fois, de sourire polis en saluts bafouillés. Tout plutôt que de devoir s'attarder plus de deux secondes face à cette sinistre paire d'imbéciles.

Mais ce soir-là, son pas pressé n'était pas tant du à l'évitement de ces collègues lourds. Il était avant tout excité et curieux d'aller chausser ses premières lunettes. De connaître cette sensation, de découvrir à quoi il allait ressembler avec les montures sur le nez. Même s'il déplorait de devoir en porter.

Il quitta la tour et couru presque le long de l'esplanade pluvieuse du quartier d'affaires. Il évita les silhouettes qu'il croisait presque au radar. Le sans-abri posté sur son banc attitré près du massif de fleurs, comme chaque jour, l'interpella pour obtenir une pièce ou une cigarette. Et comme chaque jour, Ivan fit mine de ne pas l'avoir entendu.

\*\*\*

« Mais oui, ça vous va très bien, gloussa l'opticienne.
- Vous êtes sûre ?
- Certaine. Vous êtes beau comme un astre ».
Ivan se tourna une cinquième fois vers le miroir en ruban pour jauger son allure en se recoiffant avant d'adresser un sourire étincelant à la jeune femme qui, sous le charme du nouveau binoclard, avait discrètement déboutonné un bouton de sa blouse de travail. Ivan fit un tour sur lui-même, l'air contrarié.

« Ça fait bizarre, quand même. J'ai l'impression de voir un peu comme à travers une loupe. Ça m'étourdit. Je ne pensais pas que ça allait faire cet effet. Je pensais juste voir comme

je vois d'habitude, mais à travers des verres transparents. C'est normal ça ?
- Absolument. Ça donne toujours une sensation de vertige la première fois, ça peut être assez perturbant. Mais vos yeux vont vite s'habituer et ça va passer. Normalement au bout d'un jour ou deux, la sensation désagréable disparaît.
- Bon, si vous me le promettez ... »

La jeune femme se trompa dans le montant de carte bleue une première fois et corrigea son erreur en rougissant, perturbée par le charme d'Ivan qui louchait ailleurs, clignait des yeux pour les obliger à s'adapter au plus vite à leur nouvel accessoire.

Il commençait à pleuvoir lorsqu'il sortit de la boutique. Il marcha au pas de course jusqu'au pressing pour récupérer ses chemises et passa au Carrefour Market acheter de quoi mal dîner. Il n'y voyait plus rien, avec les gouttes qui s'écrasaient sur les verres de ses lunettes.

Il gagna son immeuble et salua la concierge qui le dévisagea d'un air curieux avant de retourner dans sa loge. Il était heureux de rentrer tôt, pour une fois. Même si personne ne l'attendait. Il rangea ses courses, échangea son costume contre un jogging et s'avachit sur le canapé du salon. Il alluma l'écran de télé géant qu'il avait fait installer au mur. Ce n'était pas encore l'heure des informations.

Ivan ne savait que faire de ce temps libre. Il eut alors l'idée de téléphoner à sa sœur pour prendre de ses nouvelles, puis à ses parents. *Quand est-ce que tu viens nous voir ?* fut prononcée au moins quatre fois. Ivan n'avait pas de réponse précise. Il vivait à plus de trois cent kilomètres de la petite ville de bord de mer où ses parents avaient décidé d'entamer leur retraite, et de finir leurs jours. Il leur annonça qu'il portait des lunettes depuis peu pour détourner leur attention sur ce scoop. S'en suivit une conversation inintéressante sur le thème des problèmes de vue durant laquelle Ivan bailla trois fois.

Le bulletin météo allait bientôt commencer lorsqu'il parvint à raccrocher. Il restait trois minutes avant le journal de vingt heures. Ivan en profita pour appeler celle qui était sa petite amie depuis deux mois. Vanessa décrocha à la troisième sonnerie.

« Salut toi ! Tu appelles tôt ! Quoi de neuf ?
- Je porte de lunettes depuis une heure environ.
- Ah oui !? Bienvenue au club !
- Je ne t'ai jamais vue avec des lunettes ?
- Seulement quand je travaille. Mais j'ai hâte de te voir avec les tiennes.
- Ça finit quand ton séminaire déjà ?
- Je rentre vendredi. »

L'écran de télévision muet annonça l'imminence des informations. Ivan écourta la conversation en invitant Vanessa à dîner le samedi soir et raccrocha.

***

Le tramway roulait en silence. Ivan lisait les pages économie du journal assis dans un box. Il avait chaussé ses lunettes le matin même avant de sortir et ne cessait de les réajuster sur son nez en priant intérieurement pour qu'elles se fassent vite oublier.

Le wagon approchait des tours grises dans un grincement métallique. Ivan replia son journal et le glissa dans sa serviette en cuir. Son cœur fit un bond lorsqu'il releva la tête et croisa le regard de l'usager assis en face de lui. L'homme d'une cinquantaine d'années le fixait de ses yeux dépourvu d'iris. Des yeux entièrement blancs. *Un aveugle*, comprit-il. Ivan eut honte, s'en voulu de sa frayeur. Mais personne ne l'avait vu sursauter, encore moins le pauvre inconnu concerné. Il reprit ses esprits et sortit du tramway.

Un vent glacial souffla sur lui sitôt qu'il fut dehors. Il fit quelques pas et se retourna vers le train qui redémarrait. Entre temps, une jolie brune s'était assise sur le siège qu'il venait de libérer. Et en face d'elle, l'homme aveugle tenait à présent un livre de poche dans ses mains.

Il lisait.

Ivan demeura quelques secondes immobile, le temps que le train disparaisse. Il cligna des yeux, se frotta les paupières derrière ses lunettes. Il avait du mal à interpréter ce qu'il venait de voir. Il ne faisait aucun doute que l'homme lisait. *C'est peut-être du braille ? Mais il ne passait pas ses doigts sur le livre !* Il réalisa soudain qu'il était en route pour le travail et secoua la tête. Il n'avait pas le temps de se laisser perturber. Il allait être en retard. Il avait dû mal voir. *Et puis je m'en tape...*

Il accéléra parmi la foule aussi pressée que lui et passa devant le sans-abri. L'homme ronflait, sa tête hirsute contre un sac en toile cirée. *Au moins il ne me demandera rien ce matin, celui-là.* C'était pénible, de devoir lui dire non presque tous les jours. Il avait parfois hésité à contourner le massif de fleurs pour éviter le banc mais cela ne pouvait se faire sans un détour d'au moins trente secondes qu'Ivan ne pouvait se permettre. Il se demandait si cet homme avait bien réfléchi à son emplacement pour mendier. Ici, la plupart des passants avaient de l'argent, mais pas de temps. Il pouvait certainement optimiser un rendement une fois dans la journée, il suffisait d'un seul passant généreux. Ivan avait vu une fois ou deux un homme en costume hors de prix s'assoir à côté de lui et lui glisser de l'argent en discutant. *Heureusement qu'il y a de bonnes âmes,* pensait Ivan. Et lui aussi, s'estimait doté d'une âme acceptable. Mais pas de temps.

Il traversa les locaux du trente-huitième étage à toute allure comme il les avait quittés la veille. Il ignora les plaisanteries de Jérôme et Bruno très inspirés par ses lunettes et ne s'arrêta que pour serrer la main du grand chef, Jacques Langlais.

« Vous êtes bien pressé ce matin, Garnier, remarqua-t-il.
- J'ai une vidéo conférence dans cinq minutes.
- Je ne vous retiens pas plus alors. Sympa, vos lunettes au passage. Ça vous va bien.
- Merci Monsieur Langlais. »

***

Ivan raccrocha le téléphone et se plongea dans la rédaction d'un mail. Débordé, il n'avait pas quitté son étroit bureau de la matinée. Sa secrétaire frappa à la porte. Il lui dit d'entrer sans lever le nez de son écran et la jeune femme avança jusqu'à son bureau sans faire de bruit.

« Oui, Dana ?
- Je sors déjeuner si vous n'avez pas besoin de moi.
- Oui, bien sûr. Quelle heure est-il ?
- Treize heures.
- Déjà !? »

Ivan n'avait pas vu les heures passer. Il leva des yeux surpris vers Dana comme pour mettre le temps sur pause et recula d'un mouvement d'effroi, projetant son dos contre le dossier rembourré de son fauteuil en cuir.

« Tout va bien, Monsieur Garnier ? »

Il sentit une transpiration glaciale lui couler dans la nuque. De stupeur, sa voix resta coincée au fond de sa gorge. La secrétaire semblait troublée, le regard sans doute interrogateur, Ivan n'aurait su le dire. Car la jeune femme avait les yeux blancs. Ivan cligna plusieurs fois des yeux en espérant avoir mal vu. Mais cela ne changea en rien l'absence de couleur des iris de Dana. Il passa une main tremblante sur son front pour en éponger la sueur avant qu'elle ne devienne visible. Puis il tenta de prendre un air naturel et se força à parler d'une voix claire en soutenant comme si de rien n'était le regard vide de la jeune femme.

« Oui Dana. Tout va bien. Merci de m'avoir prévenu. Avant de partir, vous voulez bien me faire livrer un plateau-repas dans mon bureau ? Je n'aurai pas le temps de sortir déjeuner ce midi.
- Bien Monsieur. »

La porte referma et Ivan s'autorisa à respirer de nouveau. *C'est quoi ce putain de délire ?* Il ôta ses lunettes, tourna et retourna les montures entre ses doigts. *C'est n'importe quoi.* Une alerte sonore interrompit ses interrogations. Il venait de recevoir trois nouveaux mails urgents.

\*\*\*

A quinze heures, une alerte fit vibrer le téléphone portable posé sur le bureau.
« Merde ! »
Ivan attrapa le dossier sur lequel il travaillait et se rendit dans la grande salle du fond. La réunion venait de commencer. Jacques Langlais était déjà lancé dans un long monologue lorsqu'Ivan se glissa discrètement sur un siège. Le directeur était trop absorbé par ses propres paroles pour remarquer le retardataire, et Ivan

prit un air concentré et détendu comme s'il avait suivi le discours depuis le début.

Il prit quelques notes, puis quelqu'un autre se leva pour prendre ma parole. Penché sur ses notes, Ivan reconnu la voix de Xavier Marsay, le directeur des ressources humaines. Il griffonna sur son bloc-notes jusqu'à ce que l'intervention de son collègue cesse d'être intéressante, ce qui arriva assez vite. Ivan reposa son Dupont et leva la tête. L'orateur poursuivait son exposé placidement, ponctuant ses phrases en bougeant ses larges mains. *On dirait qu'il se double lui-même en langage des signes,* s'amusa Ivan, distrait par cette chorégraphie manuelle.

Puis il sentit sa bouche de dessécher. Par réflexe, il voulut crier, mais le son resta coincé. Il ne put émettre qu'un gémissement qui passa inaperçu au milieu des toux de la saison et des bruits de claviers. Comme Dana, comme l'inconnu du tramway, Xavier Marsay avait les yeux aveugles, d'un blanc translucide.

Ivan plaqua discrètement la main sur sa bouche comme pour masquer une toux. Il parcourut la salle de réunion. Jérôme et Bruno avaient les yeux blancs, eux aussi. Les hommes et les femmes autour de la table également. La respiration d'Ivan s'accéléra. Il arrêta son tour de table sur Olivier, un stagiaire encore en école de commerce. Le jeune homme suivait la réunion avec l'assiduité due à son statut et tapait frénétiquement sur le clavier de son ordinateur. Ses yeux noirs fusaient de l'écran à l'orateur, de ses notes à son supérieur et s'arrêtèrent sur Ivan qui s'empressa de regarder ailleurs. *Tu vas passer pour un dingue à dévisager tout le monde c'est pas possible, calme toi c'est surement rien.* Ivan déglutit bruyamment tandis que le directeur général reprenait la parole. Il fit semblant de l'écouter attentivement. Les yeux bleus de Langlais, eux aussi, étaient tout à fait normaux. Ivan se concentra là-dessus ne pas perdre la face.

Lorsque la réunion se termina sans qu'il n'en eut rien écouté, Ivan se terra dans son bureau et décrocha son téléphone.

« Je suis désolée, Monsieur Garnier, fit la secrétaire médicale d'une voix agacée. Je ne peux pas vous passer le docteur. Il est en consultation jusqu'à dix-neuf heures.
- Je m'en fous, pour la dernière fois, vous allez me le passer maintenant !
- Je vais noter votre numéro et il vous rappel...
- Non ! Toute de suite ! Vous comprenez le sens du mot « urgence »? Je le connais très bien le docteur, figurez-vous. Je le connais personnellement. Et je vous jure que je m'arrange pour vous faire virer si vous ne lui transférez pas tout de suite mon appel. »

Ivan avait autant de pouvoir de la faire renvoyer que de faire apparaître un arc en ciel dans un parking en sous-sol. Cela n'avait toutefois aucune importance, bien qu'il n'usait pas de ce type de procédé d'habitude. D'habitude, il aurait jugé ce genre de comportement avec le plus grand des mépris. Mais l'état d'angoisse dans lequel il se trouvait depuis la réunion valait toutes les menaces factices.

« Bien, bien … ne quittez pas, je vous le passe. »

L'employée semblait au bord des larmes. La communication fut transférée avant qu'Ivan eut pu la remercier. Et l'Ophtalmologue répondit aussitôt.

« Monsieur Garnier ? Mon assistante m'informe que vous avez une urgence ?
- Bonjour Docteur. Oui en effet, navré de vous interrompre en pleine consultation mais ça ne pouvait pas attendre.
- Je vous écoute », fit le praticien d'une voix impatiente qui irrita aussitôt le banquier.

Un instant, Ivan hésita à raccrocher. Il ne supportait pas la suffisance du médecin. Alors il fit passer exprès un silence de quelques secondes avant de reprendre.

« Je supporte mal les corrections que vous m'avez prescrites. J'ai l'impression de voir des choses étranges. Enfin … ce n'est pas comme d'habitude.
- C'est tout à fait normal. Les corrections pour astigmates font toujours un effet étrange au début, à plus forte raison lorsqu'on en porte pour la première fois. Ces symptômes vont bientôt disparaître, c'est très courant, il n'y a pas de quoi vous inquiéter.
- Vous êtes sûr ? Parce que c'est … troublant.
- Oui, c'est tout à fait normal Monsieur Garnier. »

Ivan le remercia et reposa violemment le combiné sur son socle. Il avait hésité à expliquer au médecin ce qu'il avait vu exactement, mais il s'en était abstenu de peur de se voir rediriger vers un psychiatre.

Le téléphone se remit à sonner aussitôt de concert avec son portable.

*J'avais vraiment pas besoin de ça en ce moment. Ras le bol.*

\*\*\*

La nuit était tombée depuis longtemps lorsqu'il regagna la terre très ferme et copieusement bétonnée de la place financière.

« Vous avez pas une cigarette ? ».

Ivan passa son chemin et entra dans le tramway sur le point de démarrer. Il resta debout tout le long du trajet, examinant chaque visage, s'arrêtant sur chaque paire d'yeux. Blancs. Du blanc partout. Sauf au fond du wagon, d'où une femme pourvue d'intenses yeux verts croisa son regard. Il baissa le sien aussitôt et descendit deux stations plus loin.

Tout le monde autour de lui, à de rares exceptions, semblait devenu aveugle.

Il posa ses clés dans le vide poche, ôta ses lunettes qu'il remit dans leur boîtier. Puis le boîtier fut remisé au fond d'un tiroir de la console au milieu des réserves de piles et de prospectus de livraison à domicile.

*C'est terminé ces conneries. Je préfère encore avoir mal à la tête.*

Il traîna des pieds jusqu'à la cuisine et se prépara une gamelle de pâtes qu'il alla manger devant la télévision. Les gens apparurent normaux à l'écran, comme d'habitude.

Lorsqu'il eut fini son dîner, Ivan reposa son assiette vide sur la table basse en poussant un long soupir.

Tout était rentré dans l'ordre.

\*\*\*

Ivan sortit de chez lui le cœur léger ce vendredi matin. Il avait abandonné ses lunettes. Il sentait un mal de tête sourd s'installer derrière ses yeux depuis qu'il avait bu son premier café mais il s'en moquait. C'était vendredi, il allait au bureau en jean et le week-end était imminent. Retrouver Vanessa aussi, était imminent. Il remonta sa rue en sifflant aussi faux qu'à son habitude lorsqu'il était de bonne humeur. Il dénoua ses écouteurs emmêlés et les vissa à ses oreilles. Il fit jouer Litz en entrant le wagon.

Sitôt que le train eut démarré, Ivan cessa de sourire. *C'est une blague ?* Il ne put en croire ses yeux. Il arracha les écouteurs de ses oreilles. La sonate joua en sourdine, pendue au niveau de ses genoux tremblants.

Chaque être humain présent dans le wagon avait les yeux recouverts d'une pellicule blanchâtre, l'expression vidée de toute vie, leurs mains molles s'accrochant aux barres. Les visages cireux et ternes. Les gens ne paraissaient plus réels.

Ivan fut pris de vertiges. Tout tournait. Il s'agrippa à la barre. Il suffoquait. C'était pire que la veille. Ce n'était plus une question de colorations d'iris inexplicable. Les inconnus qui l'entouraient avaient l'air *factice*.

*Qu'est-ce qui m'arrive ...*

Il porta la main à son visage, d'un geste si brutal qu'il se cogna lui-même. *Non*. Il ne portait pas les lunettes. *Mais qu'est-ce que j'ai ?* Il y eut un odieux crissement de freins qui appuya sa migraine.

*Ces saloperies m'ont bousillé la vue.*

\*\*\*

Tout tournait dans sa tête rendue cotonneuse par l'angoisse, le sentiment d'irréalité due à l'excès d'oxygène qui lui montait au cerveau. Il entendait sa propre respiration amplifiée dans sa tête, comme s'il respirait à travers une machine. Seul dans l'ascenseur, il s'adossa à la paroi métallique et se tourna vers le miroir les yeux fermés. Il n'osait pas, il ne voulait pas se regarder. Sa tête pulsait d'un tourbillon d'ordres et de refus.

« *Affronte les choses. Regarde-toi.*
- Non.
- Ouvre les yeux connard, ne sois pas lâche.
- Je ne sais pas ce que j'affronte.

- Arrête de penser. Regarde toi c'est tout. A trois, tu ouvres les yeux. Un ... deux ... »

Il fit face à son reflet, le nez collé au miroir.

Ses yeux verts exorbités de frayeur.

Il vérifia la couleur inchangée de ses yeux. Rit nerveusement en grinçant des dents, conscient de flirter avec l'hystérie pour la première fois de sa vie.

Lorsque la porte de l'ascenseur s'ouvrit. Il fonça s'enfermer dans son bureau sans saluer personne.

\*\*\*

*Tic-tac tic-tac ...*

Les heures s'égrainaient, filaient sans qu'Ivan n'eut d'autre activité que celle de fixer l'horloge murale au-dessus de la porte. Par un coup de fil, il avait donné l'ordre à Dana d'annuler tous ses rendez-vous et ne se souvenait déjà plus du prétexte improvisé. Il ne voulait croiser personne. Il lui était impossible d'imaginer se concentrer sur quoi que ce fut.

Quelqu'un finit par frapper à sa porte au bout de quelques heures. Ivan cessa de respirer et se cala au fond de son siège, immobile. *Partez ...* Il se figea, épaules voûtées, dans l'espoir qu'on l'oublie, que la personne derrière la porte passe son chemin, découragée par son silence. On frappa de nouveau. *Dégage !!!* Puis la porte pivota timidement. *Non non je ne peux pas, je ...* Une tête passa dans l'encadrement. Les mains d'Ivan se contractèrent sur ses accordoirs. Et Olivier se glissa en entier dans la pièce. Un jeune homme tout à fait normal. Rien ne clochait. Les yeux d'Ivan s'illuminèrent, ravis. Et Olivier eut un froncement de sourcils perplexe. Il y eut un silence lourd, tendu. Le stagiaire n'avait jamais vu cette expression sur le visage de son supérieur. Une expression, qui, s'il n'avait connu ni Ivan ni son statut dans l'entreprise, serait passée pour de la démence.

« Monsieur Granger, excusez-moi ... Je ne vous dérange pas ?
- Non non pas du tout, entre. »

Ivan ne quittait pas des yeux le stagiaire qui referma la porte et revint vers lui, perturbé d'être ainsi dévisagé. *Merde, je dois avoir l'air d'un psychopathe !* pensa-t-il avec effroi. Il tenta d'adopter une attitude normale.

« Je t'écoute.
- Vous m'aviez demandé d'effectuer certaines opérations pour les comptes danois.
- Ah ? Oui oui. Et alors ?
- Et alors, je ... vous deviez me fournir les éléments ce matin.
- Les éléments ce matin ... Les élém... Oui ! Oui les éléments, bien sûr ! Oui oui ils sont là ne bouge pas. »

Ivan bredouillait en décimant les trois piles de dossiers les plus proches. Le stagiaire considéra son chef d'un air ahuri. Depuis trois mois qu'il était entré dans cette entreprise, jamais il n'avait vu Ivan Garnier dans cet état.

D'ordinaire si sûr de lui, efficace et pressé, il apparaissait soudain fébrile et confus. Il se contenta de récupérer la chemise qu'Ivan lui tendit, l'air triomphant. Des feuilles s'échappaient du dossier, dispersées par les mouvements saccadés de son chef.

« Monsieur Garnier ?
- Oui ?
- Je ne voudrais pas être impoli... excusez-moi.
- Non non dis moi ! »

Olivier s'en voulu aussitôt. Mais il ne pouvait plus faire marche arrière. Il nota mentalement de réfléchir avant pour les éventuelles prochaines fois. Il ne voulait surtout pas être pris à tort pour un être insolent.

« Vous allez bien ? »

Ivan se raidit un instant, le regarda d'un air étonné puis éclata de rire.

« Mais oui je vais très bien ! Juste un de ces mal de crâne, je te dis pas ... Mais tout va bien, merci de demander !
- Bon ... Bien. Tant mieux. Merci pour le dossier ».

Lorsqu'il fut de nouveau seul, Ivan alluma son ordinateur et se rendit sur la barre de recherche. Il mena une enquête fébrile sur les effets secondaires des verres correctifs. Il ne trouvait rien qui ne ressembla à ses symptômes. Il en conclut que s'il n'y avait rien, c'était que tout allait bien.

Il arrivait en effet parfois que survienne un symptôme inexpliqué, une douleur dans la jambe, une rougeur quelque part ou un mal de ventre jamais rencontré auparavant. Il savait qu'en général, ce genre de choses apparaissaient, pouvaient perdurer quelques jours par intermittence puis disparaître. Son généraliste le lui avait confirmé, un jour qu'il profitait d'une consultation de routine pour lui montrer une rougeur sur le lobe d'une oreille. « C'est rien, lui avait répondu le praticien. Ça arrive, parfois, ce sont les petits secrets du corps humain. Le plus souvent les choses rentrent dans l'ordre d'elles-mêmes. Il ne faut pas trop s'examiner, sinon on n'en finit plus, et on finit par basculer dans l'hypochondrie ».

*Tout va bien*, se raisonna-t-il.
*Tout va bien.*

Il était quatorze heures passé. Ivan n'avait toujours pas travaillé. Pas plus qu'il n'avait songé à déjeuner. Depuis plusieurs heures déjà, il s'interdisait d'aller pisser. Il décida d'envoyer un texto à Vanessa. Il lui rédigea un pavé de banalités pour se convaincre qu'il passait une journée tout à fait ordinaire.

Il put tenir quelques minutes encore. Sa vessie enfla, et la brûlure eut raison de son entêtement. Il sortit de son bureau et se dirigea vers les toilettes pour hommes sans croiser personne.

Il se lava les mains en examinant son reflet sous l'éclairage cru. Il avait mauvaise mine, mais ses yeux étaient toujours normaux.

« Alors, c'est fini les lunettes ? Déjà guéri ? », entendit-il en passant dans le couloir.

Ivan sursauta. Bruno souriait, un gobelet de café fumant à la main. Les yeux translucides. Un Jérôme aux yeux vierges apparut à côté de son collègue à qui il appliqua un coup de coude.

« T'as bien fait de passer aux lentilles haha ! C'est plein de fer il parait ».

Ils étaient loin de se douter que le regard consterné d'Ivan, pour la première fois, ne venait pas de l'affligeant niveau leurs blagues. Ivan tourna les talons et s'éloigna.

« Hey !! Arrête ça on voulait pas te vexer, reviens ».

Ivan accéléra le pas. Il entendit les portes de l'ascenseur s'ouvrir et une nuée de clients asiatiques s'engouffrèrent dans les locaux en compagnie des banquiers qui les avaient invités à déjeuner. Ces derniers dirigèrent le groupe vers la salle de réunion, et tout ce monde s'avança d'un bloc dans le couloir, face à Ivan devenu blême.

Une masse informe s'avançait sur lui. Un agglomérat d'êtres flasques aux yeux inanimés dont s'échappaient de joyeuses conversations et quelques rires. Ils marchaient vers lui, vides, comme emplis d'air. Des êtres de chair qui n'en avaient pourtant pas l'air. Des apparences en formes de collègues et de clients. Une masse d'automates vides.

Tous les muscles du jeune homme se contractèrent de terreur. Et le groupe passa devant lui. Il eut envisagé un instant que ces gens allaient lui passer au travers. Mais le groupe le contourna comme le courant d'un fleuve autour d'une île. Ils se répandirent sur les côtés de sa silhouette immobile sans qu'il lui ne fût possible de savoir s'ils le regardaient, s'ils l'avaient vu ou non. Il eut la sensation vertigineuse d'être invisible, d'avoir été contourné à l'instinct. Des voix sourdes et bourdonnantes lui vrillaient les oreilles. Il eut un violent frisson. Et le groupe passa son chemin. Il s'éloigna, toujours en un bloc, et partit se répandre dans la salle de conférence.

La porte se referma et Ivan eut la certitude terrifiante de toucher à la folie.

Il se mit à haleter, saisi de vertiges. Il manquait d'air.

« Ivan ? Ça va pas ?
- Tu te sens pas bien ? »

Les voix de ses collègues se perdaient dans son cerveau, leur portée étouffée par la panique, si bien qu'il ne savait pas s'il les entendait vraiment. Des pensées incohérentes l'assaillirent. Il voulait que sa mère vienne les chercher. A vingt-huit ans. La dernière fois que sa mère était venue de chercher, c'était à l'infirmerie de l'école primaire lorsqu'il avait eu une allergie à la cantine. *Rien à foutre, je veux ma maman.* Des souvenirs flous de l'infirmerie et des bruits de cours de récréation où les autres élèves jouaient tandis qu'il se tenait le ventre. *Condamné.* Une voix qu'il ne connaissait pas lui affirma qu'il rêvait. *Ce n'est pas un cauchemar même si ça y ressemble. Calme-toi.* La voix de ses deux médecins mélangés. C'est-normal-hypochrondrie-normal-il-ne-faut-pas-trop-s'examiner-symptomes-Monsieur-Garnier-normal... *Maman je vois des monstres quand j'ouvre les yeux viens me chercher.* Un flash dans sa tête et un animateur télé apparut pour lui parler du surmenage. Ces cadres qui pètent les plombs sous la pression. *TA GUEULE !!!* Il respira par spasmes, eut un nouveau vertige. *Il se passe quelque chose dans ma tête. Quelque chose a foiré dans ma tête ou avec le monde.* Ivan ça va ? Il crut étouffer.

Il avança dans le couloir en se maintenant au mur, les yeux fixés sur la moquette beige pour ne rien voir. *Ne lève pas la tête. Garde les yeux baissés, et avance.* Il tituba vers la sortie, poussa la double porte d'un mouvement d'épaule. *Pas l'ascenseur.* Pour la première fois depuis qu'il travaillait ici. Il ouvrit la cage d'escalier.

Il dévala les escaliers déserts avec la persuasion d'une menace invisible lancée derrière lui. Etage par étage dans la cage aveugle aux revêtements de lino verdâtre. Des néons *sortie de secours* lui agressaient les yeux à chaque tournant. Il eut le temps de songer que pour la première fois de sa vie ces renseignements disaient vrais. Il voulait croire à cette promesse de sécurité. *Vite vite.* Essoufflé, il continua à descendre la vingtaine d'étages, manquant, avec la vitesse, de se projeter contre les murs. Il accélérait la cadence, quitte à perdre l'équilibre. Ses jambes s'articulaient de façon mécanique, la plante des pieds brûlant sur ses semelles trop fines.

Il jaillit par la porte du hall où deux hôtesses d'accueil sursautèrent. Blême et transpirant, il se dirigea vers les panneaux vitrés qui s'ouvrirent. Il prit une bouffée d'air pollué. Il avança plus loin sans savoir ce qu'il ferait, circulant au milieu des gens aux regards morts. Il y en avait partout. Il voulait pleurer, s'effondrer, mais il se reteint in extremis de craquer en public. *Pas ici. Pas ici. Imagine que Langlais passe par là et qu'il te voie chialer comme un gosse.*

Il fit un tour maladroit sur lui-même et alla s'assoir sur le banc désert. Il n'avait plus de souffle dans ses poumons brûlants. Il plaqua ses paumes sur ses yeux. *Je vais me réveiller. Je. Vais. Me. Réveiller.*

Plusieurs minutes s'écoulèrent durant lesquelles il ne fit qu'entendre la cohue ambiante, il tenta de se concentrer sur cette mélodie rassurante. Le passage incessant d'individus pressés, le tramway au loin, des klaxons fantômes sur les tunnels. Prudemment, comme un enfant, il écarta ses mains comme des volets et regarda à travers les oeillères improvisées. Des corps ambulants en tenue de cadres. Et des yeux sans couleur sur les visages sans expression. *Respire doucement.* Ivan étouffa un sanglot nerveux.

*Toi aussi tu les vois ?*

Cette voix rauque ne venait pas de sa tête. Il ne l'y avait pas entendue dans sa confusion avant de descendre.

*Hé ! Tu les vois ?*

Ça venait de la vraie vie. D'une vraie voix à côté de lui. Ivan tourna la tête et eut un bond de surprise.

Il n'avait pas entendu le sans-abri regagner son banc et s'assoir à côté de lui. Il était surpris de son apparition, et laissé sans voix par les yeux bleus que le vieil homme ancrait dans les siens. Ivan resta muet. Le nœud qui s'était formé dans sa gorge ne lui permit que de laisser un grincement s'échapper, une tentative de parole ratée. Il ne pouvait pas parler.

Et l'inconnu de tous les jours le considérait d'un air de sincère compassion. Le monde à l'envers. *C'est lui qui est à la rue, et c'est moi qui lui fais pitié*. Le mendiant sourit dans sa barbe sale.

« Tu les vois ?
- De quoi ? »

Sa voix lui râpa la gorge entière en lui sortant par la bouche, tant il s'était essoufflé. Le vieil homme pointa un doigt crasseux en direction d'un groupe qui marchait en face du banc.

« Ouais tu les vois j'ai compris. T'as pas l'air bien.
- Foutez-moi la paix.
- Ça fait toujours ça au début. Après on s'habitue, continua-t-il paisiblement.
- Merde, lâcha Ivan pour le faire taire.
- On s'habitue à vivre au milieu. »

Ivan soupira, décidé à laisser son voisin de banc déblatérer. Il voulait juste prendre l'air, se remettre. Même si cela ne passait pas.

« Tant que tu ne le sais pas, que tu ne vois rien, ça va. Quand tu le sais, quand tu le vois, il y a de quoi devenir fou. »

Ivan peina à déglutir, puis observa le sans-abri du coin de l'œil.

« Vous avez bu, vous êtes dément.
- J'aimerais bien. Mais je suis sobre aujourd'hui. Ils ont augmenté les prix de la bière. Encore.
- Ça va pas vous faire de mal, répliqua-t-il avec froideur. »

Le sans-abri ricana et sortit un paquet froissé de sa poche contenant des cigarettes tordues. Il tourna et retourna le paquet entre ses mains.

« Toi par contre, t'aurais bien besoin de boire un petit coup. Ça fait toujours un choc, au début, quand on voit les yeux blancs ».

Les mains d'Ivan se crispèrent sur ses genoux. Il se redressa et jeta un regard interdit à son interlocuteur.

« Qu'est-ce que vous venez de dire ?!
- Bienvenue au club mon gars.
- Mais de quoi vous parlez !?
- Du club de ceux qui voient les yeux blancs, de quoi d'autre !? Même si c'est pas tout à fait un club. Plutôt une malédiction, en fait.
- Attendez, attendez, deux secondes ».

Ivan tentait de rassembler ses esprits. Il pivota vers le mendiant pour lui faire face.

« Maurice. Je m'appelle Maurice.
- Très bien Maurice. De quoi vous parlez ?
- Je te parle des gens qui nous entourent, mon petit pote. Comme tu l'as remarqué, récemment à voir ta tête, les gens qui nous entourent ont des yeux sans couleur. Pour la plupart. Et d'autres, comme toi et moi, on a des yeux normaux. Au début tu comprends pas, ça arrive comme ça. Après quand t'as compris, tu fais avec. Parce que t'es obligé. Quand tu sais.
- Quand je sais quoi ? Ecoutez, je comprends rien. C'est juste un symptôme. Vous êtes astigmate vous aussi ?
- Non non. Moi j'ai eu un accident. Un traumatisme crânien de rien du tout. Mais ça a suffi.
- Ça n'a aucun rapport ! Je vous explique : j'ai porté des lunettes pour la première fois de ma vie hier. Depuis, je vois ça. Je m'explique ni comment ni pourquoi, mais ça va revenir à la normale. C'est juste un symptôme bizarre. Moi ça va partir. Vous, vous picolez trop c'est tout.
- Si seulement c'était si simple ... »

Maurice haussa les épaules et eut un bref rire sans joie. Le ciel se teintait de gris au-dessus des tours. Il n'allait pas tarder à pleuvoir.

« Ça ne reviendra pas comme avant. Tu verras les gens comme ça dorénavant. Faudra t'y faire. Cigarette ? »

Maurice tira une cigarette à peu près droite du paquet et la tendit à Ivan. Il accepta, bien qu'il ne fumait plus depuis trois ans. Il tendit l'extrémité vers la faible flamme d'un briquet presque mort. La tête lui tourna sitôt qu'il eut inhalé la fumée.

« Merci. »

Ivan fuma un instant sans parler. Tout ceci paraissait si irréel qu'il avait la sensation de dormir. Un apaisement étrange, déplacé, lui permit de respirer plus lentement. Il hésita à poser une question. C'était trop absurde. Il s'en abstint. Il tira quelques bouffées. *Et puis merde ...*

« Les gens qui ont les yeux blancs ... Est-ce qu'ils voient ?
- Oui. Tu le sais bien, tu en connais plein. Tu as pu constater qu'ils ne sont pas aveugles.
- Oui oui ... mais est-ce qu'ils savent que leurs yeux n'ont pas de couleurs ?
- Non, ça c'est juste pour les gens comme toi et moi. »

Quelques gouttes d'une pluie anecdotique vinrent s'écraser sur les cheveux d'Ivan.

« Les gens comme vous et moi ? C'est à dire ?
- Bah, on a pas les yeux blancs nous. On les a jamais eu, on les aura jamais. On a juste avancé jusqu'à un certain point sans avoir rien remarqué.
- Ça veut dire que vous, moi ... Enfin j'arrive pas à croire que j'ai une conversation pareille mais bon... Bref. Vous, moi, les gens avec les yeux normaux, on voit tous la même chose.

- Les allumés.
- Les quoi ?
- Les allumés, c'est un peu comme ça qu'on s'appelle. On a les yeux allumés. Les autres sont éteints.
- D'accord donc on est des allumés. Formidable. Et les allumés voient tous la même chose ? Genre mon patron et mon stagiaire, ils sont au courant que le reste des gens ont un truc qui ne va pas ? »

Ivan repensa à l'air préoccupé d'Olivier lorsqu'il était entré dans son bureau plus tôt dans la journée.

« Pas nécessairement, mon petit. Déjà, les allumés, faut savoir qu'on est assez rares. En proportion, je veux dire. Et ceux qui le savent sont encore plus rares.
- C'est des conneries tout ça. Une chiée de délires d'alcoolique.
- Si tu le dis. Enfin, toi, par exemple, tu ne vois tout ça que depuis hier. Avant tu savais pas. Parce qu'il s'est passé un truc. Si t'avais pas mis ces lunettes, t'aurais peut-être jamais su. »

Ivan s'abstint de parler. Il refusait de croire à ce tissu d'absurdités. Maurice poursuivit.

« Il suffit d'un changement, d'un genre de choc, et ça se déclenche. Un accident, un début de crise cardiaque, un malaise, un traitement médical, des lunettes... Bref, un changement. Et tu te rends compte de qui tu es, et de ceux qui t'entourent. Mais pour la plupart, ça ne vient jamais. Ils ne savent pas qu'ils sont allumés. Ils verront toujours tout comme avant. Et ils ont bien de la chance. On ne revient pas en arrière avec cette saloperie. Quand tu vois ça c'est pour la vie. Va falloir t'y faire, mon grand. »

Ivan souffla la fumée et expédia le mégot hors de vue sur les dalles humides.

« Et alors ? fit-il, narquois. C'est quoi leur problème aux gens pas normaux du coup ? Pourquoi ils ont les yeux blancs ?
- Tu fais fausse route. Les anormaux c'est pas eux. C'est nous. Tu vois comme ils sont nombreux. Ce sont eux, la norme, en fait.
- Arrête la picole Maurice, si je peux te donner un conseil.
- C'est toi qui joue les imbéciles.
- Et comment tu sais tout ça ?
- Parce qu'on me l'a dit. Mais qu'avant ça j'ai fini par le comprendre tout seul, plus ou moins. J'ai passé des années dans ton état sans avoir de réponse, toi au moins tu as de la chance, pour un petit nouveau. Moi on m'a pas tout servi sur un plateau comme ça dès le lendemain. T'es qu'un sale gosse. Moi, mon gars, j'ai dû rester dans ma merde pendant des années avant de vraiment savoir ce qui m'était arrivé. Et t'as vu où je suis ? »

Maurice embrassa l'ensemble de l'esplanade d'un mouvement des bras. Ivan baissa les yeux vers ses cabas en toile cirée. Le vieil homme émit un soupir triste et Ivan fut traversé d'un sentiment de honte.

« Je ne t'en veux pas, tu es en colère parce que tu ne comprends pas ce qui t'arrive et c'est normal. Si tu veux pas que je t'explique ce qu'il se passe, je m'arrête là, c'est pas grave. »

Devant eux les gens aux yeux éteints continuaient d'affluer, comme dirigés par des fils tendus du haut des tours.
« C'est bon Maurice. Exposez-moi mon problème. »
Maurice lui jeta un coup d'œil pour jauger sa sincérité.
« En quoi les allumés ne sont pas des gens normaux ? l'encouragea le jeune homme.
- Parce qu'ils sont censés faire avancer le monde. Comme des élus, pour te schématiser le truc. Certains y parviennent, même si parfois le résultat de leur contribution n'apparait qu'après leur mort, d'autres en ont juste le potentiel, une intelligence supérieure en gros, et n'en font rien, ou pas grand-chose. Et les autres, ceux qui ont pas de couleurs dans les yeux. Les gens normaux donc, eux ne servent qu'à grossir les rangs. Ils vivent, ils travaillent ou non, ils fondent des familles ou non. Leur existence est aussi indispensable qu'inutile. Le monde a besoin de figurants. Alors ils sont là.
- Alors pourquoi ce serait nous les anormaux dans tout ça ?
- Simplement parce qu'on est en sous nombre comme tu vois.
- Avec une intelligence supérieure ?
- C'est à peu près ça. Tu constateras par toi-même, avec l'expérience. Tu regardes ceux qui

vont loin dans les yeux et tu sauras. Je ne peux pas te dire mieux. »

Ivan renifla, réfléchit un moment, puis arrêta son regard sur la grande tâche de vinasse séchée sur le manteau troué de Maurice.

« C'est vrai que t'as vachement l'air d'un génie toi. »

Il commençait à s'énerver. Depuis tout à l'heure, sa vie se déroulait comme dans un film de série B dont il était le spectateur impuissant, cloué au fauteuil. Tout lui échappait, devenait de plus en plus absurde. Rien de tout cela n'était réaliste. Et Ivan était trop rigoureux, septique, trop attaché aux sciences exactes pour se laisser conter des sornettes venues éclairer un phénomène qui le dépassait, qui bouleversait toutes ses certitudes. Il ouvrit la brèche du sarcasme pour laisser filer un peu de sa colère. Maurice gardait son calme.

« D'après toi pourquoi on prend les prophètes pour des dingues ? »

Si Maurice ne s'était pas vexé, il avait l'air tristement résigné.

« J'ai l'oreille absolue. Je suis né dans une famille de musiciens, poursuivit-il calmement. Mon père était pianiste, ma mère violoniste, comme leurs parents. J'ai su jouer avant même de savoir parler. A sept ans déjà, je composais des opéras. »

Ivan considéra le mendiant d'un air médusé. Il croisa les mains entre ses genoux et attendit la suite.

« Je suis entré au conservatoire. Premier partout. J'ai raflé tous les prix d'excellence possibles et imaginables. Et j'ai commencé ma carrière. Durant des années, j'ai donné des concerts dans le monde entier. Je suis allé quinze fois au Japon. J'ai joué mes opéras pour des chefs d'état, des têtes couronnées. J'ai rencontré une harpiste avec qui je me suis marié. J'ai eu trois enfants... Voilà.
- Qu'est-ce qu'il s'est passé ? demanda Ivan, fasciné, oubliant tout autour de lui.
- Un beau jour, je suis passé sous un échafaudage. Le truc s'est cassé la gueule et j'ai reçu une barre de fer sur le crâne. Rien de cassé, rien de grave, mais j'avais pris un coup sur la tête et je me suis évanoui. »

Maurice sortit un mégot du fonds de son paquet et l'alluma. Au loin, un homme qui sortait d'une tour s'était immobilisé et semblait les observer de loin. Maurice lui adressa un salut de la main. L'inconnu répondit et passa son chemin. Puis Maurice continua.

« Quand je me suis réveillé, j'avais deux infirmières penchées sur moi. Et elles avaient les yeux blancs. Puis le médecin est venu. Et ma femme et mes gosses aussi. Pareil. Au début j'ai cru que c'était les médicaments ou le choc. Une séquelle bizarre. J'ai attendu de que ça passe mais ça a continué. J'ai perdu les pédales. Je ne pouvais plus regarder les gens. Je ne voulais même plus les voir. Je ne pouvais plus jouer dans les salles avec ces milliers de regards de fantômes braqués sur moi. Doucement, comme on déroule un fil, j'ai arrêté les concerts. J'ai passé des mois enfermé dans mon studio sans vouloir sortir. Et l'enchainement logique, ma femme m'a quitté, après ça a été aussi précis qu'un opéra. Divorce, perte de revenus, dettes par-dessus la tête, et la rue. Il me reste qu'un garage dans lequel je dors. A part ça, j'ai fini par tout perdre. »

Un silence s'installa qui s'éternisa. Ivan était parcouru d'un étrange sentiment, entre recueillement et désolation, une sensation de deuil et d'abandon.

« Je suis désolé », fit-il tout bas, visage baissé sur le sol gris.

Maurice alluma un autre mégot sans répondre et tira quelques bouffées, les yeux perdus dans le vide comme s'il voyait à travers les tours.

« Je t'aime bien. Je te connais pas mais je te trouve sympathique malgré tes airs de jeune premier arrogant.
- Merci.
- Ecoute, je vais t'expliquer la suite. Ça t'intéresse ? »

Ivan n'avait plus le cœur au sarcasme. Il était aussi vidé que perdu. Sa vie entière lui parut avoir été un mensonge. Il avait l'affreuse sensation de perdre tout contrôle des évènements.

« Je vous écoute.
- Maintenant que tu vois tout ça, tu dois savoir qu'il y a deux façons de le gérer. Pas trois, aucune alternative. Deux stratégies, deux choix, sans autres options.

- Je n'arrive déjà pas à réaliser que j'ai cette conversation. A partir de là, Maurice, je crois que je peux tout entendre.
- Bien. Les gens dans notre condition se divisent en deux catégories. Il y a ceux qui en profitent et ceux qui deviennent dingues. »

Maurice marqua une pause. Ivan n'eut aucun mal à se figurer la position du sans-abri.

« Et ceux qui ne deviennent pas dingues, ils en profitent comment ? Parce que c'est légèrement handicapant au quotidien quand même.
- Ils savent qu'ils ont un potentiel délirant. Ils sont conscients du pouvoir dont ils peuvent s'emparer. Lorsqu'ils ont compris qu'ils ont la possibilité de mener les masses à la baguette, ils l'utilisent. Ils n'ont aucun scrupule pour s'élever, en aucune circonstance. Ils ne considèrent que leurs semblables comme des êtres humains. »

Ivan se massa les tempes. La migraine gagnait à nouveau du terrain.

« Tu as vu, tout à l'heure, le type à qui j'ai fait un signe ?
- Oui. C'était qui ?
- Un patron de multinationale. »

Ivan eut un début de fou rire nerveux.

« C'est un pote ? »

Il n'y tint plus et éructa de rire. Sa migraine le lança et il arrêta aussitôt.

« Non c'est pas exactement un pote. C'est un type comme nous. Il sait ce qu'il est, et lui en

tire profit. Voilà une démonstration des deux exemples opposés, lui et moi.
- Il me semble ... enfin je crois, que je l'ai déjà vu assis ici avec vous, non ?
- Ouais, il vient souvent me voir.
- Qu'est-ce qu'il vous veut ?
- Il veut que je bosse avec lui. Il dit qu'à nous deux on pourrait tirer plus de ficelles.
- Et alors ? Ça ne vous intéresse pas ?
- Non. Sinon j'aurais suivi. Je suis là parce que j'ai joué toute ma vie devant des fantômes. Je ne reviendrai pas dans la course. Encore moins pour en abuser. Mais il vient régulièrement essayer de me convaincre. Alors on parle d'autre chose, de choses dont on ne peut parler qu'entre nous, comme je le fais maintenant avec toi. Et il me file du fric assez souvent, ça m'aide. »

Le crachin se durcit au-dessus d'eux. Ivan sortit son portefeuille de l'intérieur de sa veste et en sortit un billet qu'il tendit à Maurice. Le sans abri le glissa dans sa poche sans un mot.

« Merci pour tous ces ... ces renseignements. Je sais pas comment appeler ça. Je ne sais pas si c'est vrai. Je ne sais pas ce que je vais en faire. Si ça se trouve demain tout sera à nouveau normal. Mais bref, merci Maurice.
- Tu sais ce que je faisais quand je n'étais pas encore à la rue ? »

Le vieil homme avait les yeux humides, d'un coup. Et sa voix tremblait un peu.

« Je regardais des photos, et je regardais la télé. Des films, des émissions, tout et n'importe quoi.
- Pourquoi ?
- Parce qu'il n'y a que dans la réalité que tu vois que les autres ont les yeux blancs. Sur les photos et sur les écrans, tout le monde a des yeux en couleurs. Tu ne peux pas savoir qui est qui. Comme dans ta vie d'avant. Devant la télévision, ou devant un film au cinéma, c'est comme si rien n'avait jamais changé. Ou comme si tout était rentré dans l'ordre. Alors je te dis ... Quand tu sens que tu flanches, quand tu as le vertige, quand tu es nostalgique, allume ta télé. Regarde des photos. Tu reverras le monde comme avant. Sur un autre support. Ça aide à tenir ».

Ivan demeura longtemps silencieux.

« Merci », souffla-t-il avant de se lever.

Il s'éloigna comme si cette conversation n'avait jamais existé.

\*\*\*

Lorsqu'il remonta dans les bureaux, la plupart des employés étaient déjà partis. L'urgence du vendredi soir, celle de retrouver sa famille, de partir en week-end, de voir ses amis ou de ne plus rien faire. Une urgence qu'Ivan n'avait jamais ressentie mais qui ce jour-là prenait une tournure étrange, presque incohérente.

Il récupéra ses affaires et s'engouffra dans l'ascenseur. Il prit conscience qu'il avait passé la journée à ne pas travailler et que cela ne lui était encore jamais arrivé. *Non, non, il ne faut pas que je me laisser aller.*

Il rentra chez lui en se persuadant que cela irait mieux le lendemain. Et que si tel n'était pas le cas, si tout cela était vrai, il décida qu'il s'y habituerait.

\*\*\*

Il ne toucha pas aux sushis qu'il avait commandés. Le poisson cru devenait tiède sur la table basse. Ivan décida d'appeler sa mère. Il écouta un joyeux monologue inconséquent sans intervenir. Entendre sa voix le rassurait. Il y eut un blanc de quelques secondes avant que sa mère n'adopte une voix étonnée.

« Ça ne va pas mon chéri ?
- Si si. Tout va bien. Pourquoi ?
- Je ne sais pas … Tu ne dis pas grand-chose.
- Parce que je te laisse parler, maman.
- Oui, oui mais tu as l'air préoccupé. Quelque chose ne va pas ?
- Tout va bien, promis. Je suis juste un peu fatigué. »

Lorsqu'il raccrocha, il alluma la télévision et s'enfonça dans le canapé. Il changea les chaines en scrutant chaque visage, qu'il s'agisse d'un personnage de film noir, d'une animatrice météo, d'un commentateur sportif ou d'intervenants anonymes, il se concentra sur chaque regard.

Il finit par s'endormir vers trois heures devant l'écran allumé.

***

Ce samedi matin, Ivan eut le mince espoir que le monde qui l'entourait était redevenu comme avant jusqu'à ce que la concierge sonne pour lui remettre son courrier avec ses yeux couleur de papier. Cette dernière ne put comprendre la déception affichée sur le visage du locataire du cinquième étage.

Ivan récupéra son courrier et décida de faire comme si de rien n'était. Il ferait abstraction de tout cela. Il s'y ferait, tant pis.

Son téléphone vibra et afficha le nom de Vanessa. *Tu m'as déjà oubliée ?* Ivan se frappa le front. *Quel abruti !* Il n'avait pas songé à lui téléphoner la veille. Elle le savait distrait sur tout ce qui touchait aux communications et ne lui en tenait jamais rigueur. Il lui en était reconnaissant. Il lui répondit aussitôt pour lui confirmer son invitation à dîner, puis sortit faire des courses dans son quartier.

Il sillonna les quelques rues commerçantes d'une démarche volontairement nonchalante. *Ignore-les.* Il s'efforça avec le plus grand soin de faire abstraction de chaque regard qu'il croisait.

***

Après cinq minutes de recherches intensives, Ivan finit par trouver une place à deux rues du restaurant. Il expédia son créneau. Il était en retard. Dans sa hâte, il oublia le bracelet qu'il avait acheté pour Vanessa sur la banquette de sa Golf.

Un serveur l'installa à la table vide. Vanessa avait plus de retard que lui. Il s'assit en contemplant le décor élégant de velours rouge qui n'avait pas beaucoup changé. Cela faisait longtemps qu'il n'était pas venu dîner ici. Il avait vécu dans un studio du quartier durant une partie de ses études et avait rêvé d'y emmener India, sa petite amie de l'époque. Il avait rêvé de pouvoir l'emmener dîner tous les samedis dans ce restaurant italien à la cuisine raffinée et reconnue par les guides les plus prestigieux. Mais à l'époque, avec son budget d'étudiant, il n'avait pu se permettre de l'y inviter qu'une seule fois pour son anniversaire. Il prit conscience qu'aujourd'hui, il pouvait largement se permettre, s'il le voulait, d'y diner tous les soirs avec Vanessa. Cette constatation le mit de bonne humeur.

Il étudia le menu qui n'avait pas changé, relu avec plaisir les intitulés annonçant des délices en italiques. Il commanda une bouteille de Chianti en rongeant un gressin.

« Désolée pour le retard ».

Ivan leva la tête. Vanessa se tenait face à lui, souriante et un peu essoufflée. Toujours aussi belle, le sourire éclatant, le maquillage soigné soulignant son visage de poupée, les ondulations brunes qui couraient juste dans son dos, sa silhouette élégante gainée dans des vêtements qui semblaient avoir été dessinés pour elle. Vanessa et ses profonds yeux bruns dont la couleur avait désormais disparu.

Elle se pencha au-dessus de son petit ami resté assis pour lui donner un baiser et rit en se redressant.

« Ça va ? On dirait que tu as vu un fantôme ou un truc comme ça !? se moqua-t-elle. »

*C'est exactement ça*, pensa-t-il. Tout ce temps, depuis qu'il voyait ces choses étranges, il avait omis d'envisager que Vanessa puisse avoir les yeux vides. Cela ne lui était pas venu à l'esprit tant il était certain de bien la connaître. Tant il était inconsciemment persuadé que la jeune femme dont il tombait amoureux depuis quelques semaines se présenterait toujours sous la même apparence. *Fais comme si de rien n'était, abruti ! C'est toujours Vanessa. C'est la même fille.* Alors Ivan s'appliqua un sourire rassurant sur le visage. Celui dont il usait d'habitude avec ses clients lorsqu'il les sentait inquiets.

« Non non tout va bien. Je suis content de te voir. Tu es magnifique. »

Il laissa parler Vanessa tout le dîner. Il ne pouvait pas parler et la remerciait intérieurement d'être capable de parler pour deux. Elle raconta en détail le déroulement de son séminaire, puis passa au tamis la vie amoureuse de sa grande sœur avant d'enchaîner sur des sujets tels que l'inversion des saisons en Amérique Latine, son aversion pour le football et les prochaines expositions à *absolument aller voir*.

Ivan faisait semblant d'écouter en ponctuant les phrases de Vanessa de hochements de tête. Il avait un mal fou à avaler sa nourriture. D'ordinaire, il aurait dévoré son osso bucco avec une gourmandise frôlant l'outrage. Mais ce soir-là, chaque bouchée le torturait. Il avait la bouche sèche et ne cessait de boire en espérant que la nourriture accepte de descendre dans sa gorge. Il n'avait pas plus faim qu'un mort. Il voulait partir. Il sentait sa chemise se gorger de sa sueur comme une sangsue le long de son dos.

« Je vais me rafraichir », annonça Vanessa en se levant.

Il acquiesça et la regarda s'éloigner. Lorsqu'elle eut disparu au tournant du bar en noyer, il expira plus fort, expulsant tout l'air qu'il semblait avoir retenu au fond de ses poumons pendant une heure.

Tout se déroula très vite. Il sortit son portefeuille, posa sur la table un billet qui couvrait bien plus que l'addition et traversa le restaurant de la démarche la moins empressée possible. Car il se serait jeté à travers la vitre, s'il avait pu. Pour se trouver dehors au plus vite tant il étouffait.

Alors qu'il posait la main sur la porte en prétextant sortir fumer au serveur étonné, il croisa le regard d'une cliente qui dînait avec un homme gras et dégarni qui devait être son mari. Elle le transperça de ses yeux bleus. Un regard dur et espiègle qui s'accompagna d'un sourire en coin. Son mari se contorsionna sur son siège pour tourner la tête vers Ivan. Il le fixa de ses yeux blancs.

Ivan se ressaisit et sortit à la hâte. Au coin de la rue, il se mit à courir vers sa voiture. Il manqua de renverser deux adolescentes en tenue du vendredi soir dans sa course.

« Non mais il est pas bien ce mec !
- Hé ! Faut se faire soigner hein! »

*Si seulement !* Il se rua sur la porte de son véhicule, essaya machinalement de forcer la portière qu'il avait oublié de déverrouiller dans sa panique.

Lorsqu'il démarra, il se mit à rouler sans s'arrêter. Il alluma la radio à un feu rouge, et tourna le bouton jusqu'à Chérie FM. France Galle accompagna sa fuite de rien. Il roula en sachant qu'il tournerait en rond et n'échapperait à rien. Mais quand bien même, il savait qu'il pouvait s'offrir encore le luxe de cette illusion. En arrivant sur le périphérique, il coupa son portable qui ne cessait de vibrer en affichant Vanessa. Puis il accéléra, les yeux injectés de sang.

\*\*\*

Ivan se réveilla et décolla sa tête du volant. Il entendait des chants d'oiseaux. Il avait roulé au hasard une partie de la nuit et avait fini par couper le moteur en rase campagne sur le bas-côté d'un champ. Le ruban de goudron mal entretenu était désert.

Le tableau de bord affichait sept heures vingt, et son téléphone une cinquantaine de messages et d'appels en absence. Il frotta son visage avec l'idée que s'il avait été une femme, il ne se serait sans doute pas réveillé dans sa voiture mais dans un fait divers. Un tracteur apparut dans le rétroviseur, en tout petit à côté de son visage épuisé. Il bailla tandis que le véhicule jaune poursuivait sa lente procession. Le tracteur finit par arriver à son niveau en ralentissant encore. Le conducteur et son passager se penchèrent pour distinguer l'individu dans la Golf. Ivan transpira en voyant ses deux regards vides penchés sur lui de l'autre côté de la vitre. Il eut l'impression intolérable que sa vie se déroulait dans un film d'horreur à petit budget. Puis le tracteur s'éloigna. *Il a pas la lumière à tous les étages, celui-là*, aurait-il pu entendre sous le grondement du moteur.

Il attendit que le tracteur ait disparu au loin et activa le GPS. L'appareil lui annonça qu'il était à environ cent cinquante kilomètres de chez lui et lui traça le chemin à parcourir. Ivan démarra et suivi la ligne bleue indiquée par l'écran.

Lorsqu'il arriva chez lui, il se débarrassa de ses vêtements et gagna son lit. Il dormit tout le dimanche d'un sommeil fiévreux, agité de cauchemars.

***

Lundi. Il fit semblant de travailler. Par des intermittences de quelques minutes à chaque fois, il travailla vraiment. Il annula une réunion pour passer le maximum de temps enfermé dans son bureau. Il ne voulait plus les voir. Encore moins entendre les remarques stupides de Bruno et Jérôme qui n'avaient pas manqué de commenter sa mine fatiguée dès qu'il eut posé le pied sur la moquette de l'entreprise.

Il pensait à Vanessa qui avait continué d'appeler dans le vide la veille. Il n'avait ni lu ni écouté ses messages. Il avait tout effacé et bloqué son numéro. C'était lâche, mais il ne pouvait pas s'offrir le luxe de lui dire la vérité. Qu'il avait été amoureux d'elle, que c'était la première fois depuis des années qu'il rencontrait enfin une fille avec qui il envisageait d'aller loin, doucement mais surement, mais qu'il avait mis des lunettes et fini par la voir telle qu'elle était vraiment. Qu'elle n'avait pas d'yeux. Et qu'à partir de ce moment tout sentiment, toute attirance s'était évaporé d'un claquement de doigts. Non. Il ne pouvait décemment pas lui dire ça. Le silence était préférable. Elle se questionnerait, en parlerait longuement à sa sœur et ses amies qui le traiteraient unanimement de gros connard et elle s'en remettrait un peu plus tard. Elle reprendrait sa vie d'avant qu'il n'aurait pas eu le temps de vraiment bouleverser. *Elle a de la chance*, pensa-t-il. Car il savait que ce n'était pas le cas pour lui.

Il ne parvenait pas à se concentrer. Il imaginait Vanessa revenant à la table et trouvant le billet posé sur la nappe, son incrédulité, puis sa rage. Il n'avait pas voulu cela, à aucun moment.

Il sortit sous prétexte de déjeuner. L'air pollué lui fit le plus grand bien. Il se rendit à la sandwicherie la plus proche et s'avança vers le banc de Maurice en espérant l'y trouver. Le vieil homme était assis. Il ne faisait rien mais avait néanmoins l'air occupé. Peut-être était-ce juste l'éclat de ses yeux qui donnait cette illusion.

« Salut Maurice, ça boume ? Tenez, c'est pour vous. »

Ivan lui tendit un sac en kraft contenant une formule déjeuner complète à base de sandwich au caoutchouc, boisson gazeuse et dessert industriel. C'était ce qu'il avait trouvé de plus rapide à obtenir et lui n'avait pas faim. Maurice entama son repas inattendu tandis qu'Ivan s'assit à côté de lui.

« Mauvais week-end ? s'enquit Maurice entre deux bouchées. Tu as une mine épouvantable.
- Si vous saviez Maurice …
- Allez raconte-moi tes malheurs. »

Ivan poussa un gros soupir et lui narra sa mésaventure avec Vanessa.

« Ça faisait longtemps que tu la fréquentais ?
- Quelques semaines. Mais elle me plaisait vraiment. J'étais sûr que c'était la bonne. J'en

ai même parlé à ma mère, ça lui a fait tellement plaisir qu'elle s'est enflammée, elle m'en parlait chaque fois que je l'avais au téléphone. Comme quoi il fallait que je la lui présente, qu'il fallait trouver une date pour les fiançailles, un traiteur, que mon père se trouve un smoking et moi des prénoms pour nos enfants ... Ma mère dans toute sa splendeur.
- T'as eu de la chance sur ce coup-là malgré tout. Moi j'étais marié depuis des années quand c'est arrivé. Ça a tout foutu en l'air. Je n'ai pas pu. J'ai essayé. Ma femme, ma chérie, la mère de mes enfants qui était tout, avec ses beaux yeux noisette qui ont disparu. Ça m'a rendu fou. »

Maurice tenta de noyer sa nostalgie dans une grande rasade de soda et Ivan se souvint de la femme dont il avait croisé le regard perçant en s'enfuyant du restaurant, et de son mari aux yeux vides posés sur lui. Il réfléchit tout haut.

« Peut-être qu'il faut que je trouve une fille comme moi. Avec des ... enfin, une *allumée* je veux dire. De toute façon, sans yeux c'est pas possible. Même la plus belle femme du monde, je ne pourrais jamais la regarder. »

Maurice faillit recracher le liquide gazeux. Il s'étouffa et toussa.

« Surtout pas ! T'es un grand malade ! »

Ivan lui tapa dans le dos. Maurice toussa un moment et reprit :

« Pourquoi tu crois que je suis tout seul?
- Parce que t'es un clodo ?

- Non crétin. Parce qu'il vaut mieux laisser de côté les femmes intelligentes. Il n'y a pas pire infidèles, et si c'est pas ça elles te manipulent à mort et même toi, tu vois rien venir.
- Je m'en doute un peu. Mais dans le lot, il y en a certainement qui sont sincères. Qui ont des sentiments, tout ça. Des yeux et un cœur en option.
- Justement, si elles sont sincères, fuis mon gars ! Si tu trouves une *allumée* sincère c'est qu'elle est complètement frappée de la tête et là t'en ressort pas non plus entier. »

Ivan enfonça les mains dans ses poches et contempla l'esplanade et son désarroi.

« Je sais plus quoi faire Maurice. Je suis dans une impasse là. Ça ne me ressemble pas.
- Tu veux un conseil ? Vois des amis, sors, amuse toi. Il faut que tu décompresses un peu.
- T'es mignon mais si ils ont les yeux blancs je fais comment moi ? Je les laisse en plan ? Encore ?
- Je sais pas, tu fais avec. C'est pas bon de rester seul. L'homme n'est pas fait pour la solitude, c'est mauvais. Enfin c'est toi qui décide tout seul, je suis pas ta mère, dit-il en s'essuyant la bouche dans la manche de son manteau.
- Non c'est sûr ».

\*\*\*

Ivan avait néanmoins suivi le conseil de Maurice. Le lendemain, il envoya un message collectif à son groupe de copains qu'il n'avait pas eu le loisir de revoir dans son intégralité depuis les grandes vacances. Il les convoqua pour une sortie après le bureau dans l'un des bars où ils aimaient se retrouver. Sur les huit amis, seuls deux avaient des empêchements, et les autres viendraient avec plaisir.

« Parfait », dit Ivan en coupant son portable avant de se rendre en réunion.

Il tâcha de focaliser son regard sur Langlais. Il l'examina durant toute la réunion en se demandant s'il savait qui il était.

\*\*\*

Ivan se recoiffa dans le reflet d'une vitrine. Il avait déjà meilleure mine, incomparable par rapport au visage blafard du lundi. Il avait récupéré ses lunettes dans le tiroir. Puisque rien ne changeait au fil des jours, il avait jugé préférable de les porter pour ne pas, en plus du bouleversement dont il était victime, y ajouter une migraine constante. Au moins les verres correctifs avaient cet effet. Ils soulageaient ses maux de tête. Bruno et Jérôme n'avaient pas manqué de noter à voix haute ce revirement, avec toujours plus de finesse.

Il poussa la porte du bar et retrouva Louis, Sebastien, Abigail, Jonathan et Alexis. Il manquait encore Antoine qui n'était pas encore arrivé mais ce n'était pas ce qu'Ivan remarqua en premier. Ce qu'il vit, c'était ses amis acclamant son arrivée en levant leurs verres. Et leurs yeux blancs.

Il s'assit avec eux et commanda ce qu'il put trouver de plus fort sur la carte des cocktails. La serveuse lui adressa un clin d'œil sans iris et il reçut un texto d'Antoine qui annonçait qu'il était très en retard et qu'il les rejoindrait au plus vite. Puis Ivan fut pris dans le tourbillon bruyant des conversations de bar noyé sous la musique trop forte. Les sujets s'enchaînaient joyeusement. Ivan ne parlait pas mais répondait aux questions avec la précision d'un invité de plateau télévisé que des chroniqueurs auraient tenté de déstabiliser. Il fut question de travail, de vacances, de petites amies, de fiancées, de déménagements, de politique. Ivan suivit vaguement, le cerveau embrumé, traquant le moindre signe qui aurait pu trahir son inconfort. Bientôt, de la conversation ne lui parvenaient plus que des fragments, s'emmêlant en phrases incohérentes.

*Et pour le prêt j'ai eu vacances en ce moment je lui ai dit Thaïlande tous les week-ends ski nouvel appartement qui monte augmentation mes clients n'importe quoi comment va ta sœur merci.* Rires. *Mariage dans un an à Londres elle m'a répondu on verra prochainement et aussi des nouvelles d'Elodie bientôt Luxembourg élections régionales nouvelle copine opportunités et la famille nouvelle boîte vendredi vacances week-end propriétaire ...*

Ivan aurait voulu être transporté ailleurs, se trouver n'importe où en dehors d'ici. Il buvait pour passer le temps, se fit la promesse que c'était la dernière fois, qu'il restait par politesse mais ne les reverrait pas. Il s'ennuyait à crever.

Antoine finit par rejoindre leur table. Antoine, dont tout le monde s'accordait à dire qu'il avait toujours été bizarre. Antoine était maniaque à l'extrême. Il était lunatique, passait du chaud au froid en quelques secondes sans qu'aucun élément déclencheur perceptible ne soit survenu. Antoine avait de nombreux tocs derrière lesquels transpiraient des angoisses indicibles. Et malgré tous ces défauts, malgré les aléas de son comportement et les quelques moqueries qu'il suscitait parfois, Antoine était accepté, intégré. Parce qu'Antoine était très sympathique, par intermittence. Parce qu'il était doté d'un humour tapageur, d'une répartie ravageuse, et d'une villa sur la côte d'Azur. Ce dernier point inspirant bien des amitiés.

Et pour Ivan, Antoine devenait soudain plus que cela. Antoine, le plus bizarre du petit groupe, était le seul de ses amis qui avait conservé la couleur de ses yeux. Ivan le salua et se rassit, quelque peu soulagé. Il se sentait moins seul. Il avait un allié, quelqu'un comme lui qui ne le mettait pas mal à l'aise.

Ivan guettait avec impatience le moment où Antoine s'excuserait pour sortir fumer. Lorsque cela arriva, il se précipita pour l'accompagner sur le trottoir et lui demanda une cigarette.

« T'avais pas arrêté de fumer ?

- Si, fit Ivan, un peu honteux. Mais j'ai repris. »

Ils aspirèrent quelques bouffées de nicotine sans plus rien se dire. Antoine s'éclipsait souvent car il avait régulièrement besoin de calme pour rester de bonne humeur. Ivan réfléchissait. Il fallait qu'il lui parle mais ne savait pas comment lancer le sujet.

« Tu les vois ?
- Hein ? fit Antoine.
- Les autres. Tu savais qu'ils n'étaient pas comme nous ?
- Quels autres ?
- Ceux qui ont les yeux blancs, tu sais ... non en fait. Oublie. J'ai trop bu. »

Antoine le considérait de ses yeux marrons écarquillés comme il aurait regardé un fou déblatérer les pires incohérences.

« T'es bizarre ... »

*C'est le monde à l'envers*, pensa Ivan, en colère. *C'est MOI qui suis bizarre, maintenant*. A l'échelle d'Antoine, le *bizarre* dépassait tout le contexte du mot. Plus bizarre qu'Antoine, c'était un score absolu, c'était l'aliénation totale.

« Tu sais quoi, je ne me sens pas très bien. J'ai un peu mal au cœur. Je crois qu'il vaut mieux que je rentre. Dis aux autres que je m'excuse et que je les appelle bientôt. »

Il n'en pensait pas un mot. Il s'éloigna très vite.

\*\*\*

Ivan apporta un paquet de cigarettes neuf à Maurice le lendemain midi. Il en fuma une avec lui et lui raconta ses retrouvailles de la veille.

« C'était pas une bonne idée, conclut-il.
- Allez c'est rien va ! T'es encore jeune. T'as tout le temps de t'acclimater à ce qui te tombe dessus et de te faire de nouveaux amis. La vie devant toi mon pote. Un truc que moi j'avais pas. »

*\*\**

C'est ce que fit Ivan les semaines qui suivirent. S'acclimater. Il ne se demanda pas de quoi il était capable, quel était son talent caché s'il en avait un. Il mit toute son énergie dans cette immersion. S'adapter. C'était devenu son ambition. Son combat. Il avait entendu un jour quelqu'un, un psychologue ou autre individu dans ce goût-là, affirmer qu'il fallait environ trois semaines à un être humain pour prendre une bonne habitude, comme de se mettre au sport ou manger sainement.

Il pensait à cela, en regardant les grands panneaux publicitaires vanter telle ou telle enseigne d'opticiens. Il organisa son quotidien en faisant en sorte de parler au moins de gens possible face à face, préféra les vidéos conférences aux réunions, puis se força peu à peu à les regarder dans le blanc des yeux. Toute cette littérature, se disait-il, pour qu'une poignée de personnes seulement ne connaissent le véritable sens de cette expression.

Il se concentrait sur son travail, s'y accrochait comme un perdu, comme s'il y avait des kilomètres de vide en dessous. Il discutait avec Maurice lorsqu'il le croisait, lui donnait un peu d'argent, lui apportait un café, un cheeseburger ou des cigarettes. Il avait appris ses goûts pour lui apporter des choses qu'il aimait. Le soir, Ivan rentrait chez lui épuisé et regardait la télévision jusqu'à ce que ses paupières tombent sur ses yeux trop colorés.

« Je suis fatigué. Comment on fait pour devenir con ? avait-il demandé un jour à Maurice.
- Tu peux pas.
- Ok. »

La nuit, il rêvait du monde comme avant. Les gens qu'il connaissait, les inconnus qu'il croisait, les personnages que son inconscient inventait avaient les yeux verts, bleus, noisette, marron, noir, toutes les nuances de toutes les couleurs. Des regardas animés, sérieux, tristes, rieurs. Des regards vivants qui dévoraient le monde, avides. Et les réveils étaient douloureux. Il savait qu'il allait se lever, se doucher, et prendre un tramway avec l'impression de se trouver en sursis au milieu d'une armée de mort-vivants.

*Je devrais pouvoir y arriver.*

\*\*\*

Ivan remercia la serveuse qui déposa une entrecôte sur la table. Elle eut un petit sourire apitoyé qu'Ivan déchiffra sans peine *comment se fait-il qu'un aussi beau garçon déjeune seul ?* Il s'était habitué à lire dans les expressions du visage comme un aveugle aurait affuté son ouïe.

C'était devenu son rituel du samedi. Il se levait, sortait courir et après une douche, sortait avec le journal déjeuner dans une brasserie. S'il pleuvait, il partait s'abriter dans les galeries d'un musée ou au cinéma, parfois à la bibliothèque. Lorsque le temps était convenable, il déambulait dans les rues ou s'installait pour lire dans les parcs. Il ne rentrait que lorsqu'il était fatigué et se faisait livrer son dîner devant le premier documentaire intéressant qui passait à la télévision. Il recommençait le processus le dimanche. Les jours de la semaine au travail avaient l'avantage de passer plus vite.

Il veillait à passer le moins de temps possible seul chez lui le week-end. Il avait besoin de bruit, d'une faible agitation, de relents d'humanité autour de lui. Sa solitude forcée lui aurait été insurmontable autrement.

Son téléphone sonna au moment du café.
« Bonjour maman. Comment ça va ?
- Ça irait mieux si tu appelais plus souvent.
- Pardon j'ai eu beaucoup de travail.
- Ce n'est pas une raison ! Tu n'appelles plus jamais ! Tu sais ce n'est pas parce que tu as une petite fiancée que tes parents n'existent plus.
- Quelle ... ah ... oui oui, pardon ».

Il n'avait pas dit à sa mère qu'il avait rompu avec Vanessa. Cela lui aurait fait de la peine et elle l'aurait d'abord réprimandé pour ensuite le bombarder de questions sur le motif de la rupture. Il n'en avait pas eu le courage. En cet instant il préféra la maintenir dans l'illusion.

« J'espère que tu viendras avec elle pour Noël. J'ai hâte de la rencontrer.
- Oui oui mais tu sais, je pense qu'elle va le passer avec sa famille.
- Ah, dommage ... Ta sœur vient avec Julien, elle.
- Tant mieux pour elle, maman.
- Bon. Tu comptes arriver à quelle date ? Parce que j'aimerais bien que tu restes un peu plus longtemps cette année. L'an dernier tu es arrivé pile pour le réveillon et reparti trop vite le lendemain.
- J'avais du travail.
- Oui oui ... Tu as toujours du travail. Mais tu as aussi une famille. Donc tu viens quand cette année ? »

Il sentait l'inquiétude rejoindre l'exaspération dans la voix de sa mère. Et avec le récent bouleversement de sa vie, les célébrations de Noël lui étaient sorties de la tête. Il n'avait pas vu décembre arriver. Il n'y avait tout simplement pas pensé.

« Je ne sais pas maman. Je t'appelle dès que j'ai une date.
- D'accord. Mais ne tarde pas s'il te plait.
- Promis. »

Il donna sa parole en songeant pour la première fois à quelque chose qu'il ne savait pas et qui agita tout son corps d'un frisson d'horreur.

Il n'avait aucune idée de la couleur des yeux de ses parents.

***

Les jours passèrent. L'échéance de Noël se rapprochait. Le moment de vérité. Le moment où il pousserait la porte de la maison pour retrouver sa famille aux visages joyeux et des yeux sans couleurs. Il ne savait pas comment y échapper. Il allait bien falloir qu'il les voie, pourtant. Mais il ne s'agissait pas de copains, d'une petite amie ou de simples collègues. C'était sa famille. Il ne pourrait pas les voir comme ça. Les yeux marron de sa mère et sa sœur, les yeux bleus de son père effacés. *Je ne veux pas savoir.* Il lui faudrait faire semblant. Il savait faire semblant avec n'importe qui. Mais avec sa famille, c'était autre chose. Avec eux, il dissimulait mal son embarras, ses colères et ses moments de doute.

Ivan releva les mains de son clavier et referma son ordinateur. Il avait besoin d'une pause. Ou de vacances. Peut-être même d'un très long temps mort. Il était assis sur son fauteuil de bureau depuis sept heures et sentait des fourmis monter à ses genoux, et son corps entier était crispé, les muscles raidis par une tension constante qui n'avait fait que croître depuis la matinée. Il ramassa son pardessus et se rendit à la machine à café. Il en fit couler deux en espérant trouver Maurice sur son banc.

Chemin faisant, il réalisa que Maurice était son seul ami. *Si on m'avait dit ça il y a six*

*mois, que le seul pote qu'il me reste est un SDF ...*
L'ascenseur s'ouvrit et Ivan rejoignit l'esplanade.

Maurice était là. Mais il n'était pas seul. Il discutait avec le type avec qui Ivan l'avait déjà vu. Il resta à les examiner, debout avec ses deux gobelets, puis décida de revenir plus tard.

« Ivan attends ! Viens ! Viens ! »

Ivan se retourna en haussant les épaules comme pour dire *vraiment* ? Mais l'autorisation de venir se joindre à ce duo lui fut confirmée à grand renfort de gestes de Maurice.

Il vint s'assoir au bout du banc, à côté du sans-abri à qui il tendit son café. L'homme assis de l'autre côté, cheveux gris légèrement frisés aux pointes, enveloppé d'un impeccable pardessus gris, le menton dissimulé dans une écharpe en cachemire, fixait Ivan avec la plus grande curiosité d'un regard perçant où Ivan lut de la malice.

« Ivan, tu tombes bien. Je te présente Tristan Aubert. Tu l'avais vu, de loin, la première fois qu'on s'est parlé, tu te souviens ?
- Bonjour, fit Ivan sans plaisir. Il aurait souhaité parler seul avec son ami et n'était pas ravi de devoir partager  ces moments privilégiés avec un intrus.
- Enchanté Ivan. »

S'en suivit un moment durant lequel les trois hommes cessèrent de parler et regardèrent les tours devant eux. Tristan Aubert fini par rompre ce silence.

« Maurice m'a beaucoup parlé de vous, Ivan.

- Ah ?... Il a dit quoi ?
- Il m'a raconté qui vous étiez, dans les grandes lignes ».

Il s'adressait à Tristan légèrement penché. Maurice était assis au milieu, silencieux comme un médiateur sage s'assurant que la conversation se déroule sous les meilleurs hospices. Il appliqua un coup de coude à Ivan dont il jugeait la désinvolture à la limite de l'impolitesse. Mais Tristan Aubert souriait avec indulgence.

« J'en sais assez pour tenir à vous inviter à dîner. J'aimerais m'entretenir un moment avec vous. Vous êtes libre ce soir ?
- Je ne sais pas. »

*Il se prend pour qui ce connard ?* Ivan n'avait rien de prévu. Il trouvait l'inconnu trop intrusif pour lui être agréable et ne voulait pas se laisser envahir. Ce dernier semblait lire dans ses pensées et s'en amuser. Ce qui acheva d'irriter Ivan. Puis Tristan Auber fit apparaître une carte de visite qu'il tendit sous le nez du jeune homme.

« Voici tout de même mes coordonnées. Au cas où vous pourriez vous libérer. »

Ivan la lui prit sans un mot et la glissa dans sa poche. Tristan se leva.

« Bien. J'aurais aimé rester discuter mais j'ai une réunion dans cinq minutes. Salut Maurice. A bientôt Ivan. »

Et il se dirigea vers la tour la plus haute. Maurice prit la parole lorsque sa silhouette eut entièrement disparu.

« Sois pas mauvais comme ça Ivan. Je sais ce que tu te dis. Que c'est un con prétentieux et c'est vrai. Mais c'est pas une ordure pour autant.
- Ah bon ?
- Ouais, tu ferais mieux d'arrêter tes sarcasmes et d'accepter d'aller dîner avec lui, si je peux te donner un conseil.
- T'es le roi des bons plans, j'avais oublié ».

Maurice se contenta de soupirer. Il avait pris l'habitude de voir son nouveau copain d'infortune se retrancher derrière une ironie blessante lorsqu'il était en colère contre ce qui lui arrivait. Et le vieil homme ne pouvait l'en blâmer. Il laissait passer un temps. Il savait qu'au bout de quelques instants, le jeune homme s'en voulait et déployait tous les efforts dont il disposait pour avoir de nouveau l'air aimable.

Ivan réunit assez d'attention pour terminer le rapport qu'il tapait depuis la fin de la matinée. Il ne s'interrompit qu'une fois, pour répondre à un coup de fil de sa mère et lui répéter trois fois qu'il ne savait toujours pas à quelle date il viendrait pour Noël. Il eut du mal à retrouver la concentration, énervé par cette conversation. Il en avait parlé à Maurice avant de remonter travailler. Il lui avait confié ses craintes à la découverte du vrai visage de sa famille.

« Ça va être dur, je ne vais pas te mentir. Mais c'est ta famille. Tu ne vas pas cesser d'aimer tes parents comme ça. Tu les verras différemment, c'est tout. Et si ça se trouve, ils sont allumés aussi, qui sait. »

Ivan s'était abstenu de répondre qu'il en doutait. Car il aimait et respectait ses parents et sa sœur plus que n'importe qui. Et qu'il doutait qu'ils fussent d'une intelligence supérieure et ce constat était la pire des injures silencieuses. Une injure qu'il se refusa d'exprimer à voix haute tant elle était déjà insoutenable en pensée.

« Tu fais quoi toi pour Noël ? avait-il demandé pour faire diversion.
- Je vais passer quelques jours dans mon chalet en Suisse.
- Arrête l'humour je vais me pisser dessus.
- C'est vrai je blague. C'est pas vraiment mon chalet.
- Marrant.
- C'est celui de Tristan. Il m'invite chaque année à passer Noël avec sa famille et ses amis. »

Ivan regardait par la vitre. Quelques flocons fragiles entamaient une descente placide le long des buildings. Il admira leur danse hypnotique.

Puis il sortit la carte de Tristan Aubert et composa son numéro.

\*\*\*

Le rendez-vous avait été fixé dans une brasserie réputée. Bien que l'établissement fut un des lieux les plus chics et incontournables depuis des décennies, il demeurait bruyant et chaleureux, avec ses alcôves, et la valse de serveurs surchargés dans ses enfilades de pièces art déco.

Tristan Aubert était déjà installé lorsqu'Ivan fut conduit à leur table. Il avait commandé les apéritifs et invita chaleureusement le jeune homme à s'assoir face à lui.

Lorsque qu'Ivan eut vidé son premier verre et que le maître d'hôtel partit avec leur commande, Tristan mit fin au mutisme anxieux de son invité.

« Parlez-moi de vous, Monsieur Garnier. »

Ivan se lança sans conviction. Il lui décrivit son parcours professionnel en quelques traits, répondit à quelques questions sur son enfance, sa famille, les écrivains qu'il aimait, les films et les expositions qu'il allait voir, ses voyages, les sports qu'il pratiquait et ceux qu'il suivait à la télévision.

Ivan répliquait sans zèle, servait en toute franchise chaque information demandée, sans passion, sans rien appuyer. Il savait que rien de ce qu'il racontait n'avait vraiment d'importance. Que quoi qu'il dise, il sentait que l'homme en face de lui avait une idée derrière la tête. La seule chose qu'Ivan ignorait, c'était le contenu de cette idée. Il sut qu'il aurait pu s'inventer un séjour en prison, une passion pour les playmobils ou mentionner une collection de trombones, les questions de Tristan n'étaient que pure rhétorique. Il avait un projet pour lui.

« J'ai un projet pour vous.
- *Comme je suis surpris*, fit-il intérieurement.
- Vraiment ? se contenta-t-il de dire.

- Comme si vous n'aviez rien deviné ! »

Tristan Aubert rit et s'essuya la bouche dans sa serviette tâchée de jus de viande. Ivan comprit qu'il voyait aussi clair dans son jeu que lui voyait dans le sien.

« Je vous écoute. »

Tristan s'éclaircit la gorge et but une gorgée de vin.

« Voilà, dit-il en reposant son verre. Je pense que votre poste actuel est bien en dessous de vos capacités. Et c'est un euphémisme. Je connais Langlais, votre patron. Il est brillant, redoutablement brillant même. Mais il ne vous exploite pas au meilleur de votre potentiel et vous savez pourquoi ?
- Non. Il vous l'a dit ?
- Non. Je ne lui ai parlé que deux fois, et c'était bien avant que vous travailliez pour lui. Cela dit je n'ai pas eu besoin d'une trop longue entrevue pour comprendre le personnage. Il ne vous fait pas grimper dans les échelons aussi vite que vous le méritez parce qu'il a peur de vous. Il sait que vous pourriez aisément prendre sa place à un moment donné. Et ça, ça le fait chier dans son froc, Langlais. Mais moi, vous ne me faites pas peur. »

Il posa un coude sur la table. Ivan eut la sensation étrange que son avenir était peut-être entre les mains de cet individu qu'il peinait à trouver sympathique. Il eut un léger tic de répulsion qui passa inaperçu.

« Vous ne me faites pas peur, répéta-t-il. Bien au contraire.

- Bien. Tant mieux. »

Ivan se sentait nerveux, propulsé dans quelque chose dont la force des rouages lui échappait complètement. Une machine folle lancée toute puissance.

« J'aimerais vous engager.
- Non merci. »

Le refus lui était tellement évident qu'il sortit de sa bouche sans qu'Ivan n'eut à réfléchir. Tristan Aubert lui paraissait malsain. Il ne voulait pas se trouver à la merci de cet homme, quand bien même il lui offrirait la lune. Mais ce dernier ne s'en formalisa pas. C'était comme s'il avait deviné d'avance son refus.

« Attendez, laissez-moi au moins vous parler. Je ne demande pas que vous travailliez pour moi, mais avec moi. Je veux vous apprendre les rouages que j'ai mis en place, et le jour venu faire de vous un associé à part entière. Vous n'avez pas idée de ce que nous pourrions construire si vous acceptiez seulement de me rejoindre.
- Je vois. Mais des candidats comme moi, vous devez déjà en avoir à la pelle.
- Quelques-uns oui. Mais pas tant que ça. J'ai convaincu quelques cerveaux comme le vôtre. Mais une poignée seulement.
- Vous avez essayé d'engager Maurice.
- Oui, parce qu'il se gâche. Il serait bien mieux avisé de me rejoindre, mais il n'y a rien à faire.
- Vous aurez la même réponse avec moi.
- C'est très différent. Vous êtes jeune. Vous avez la vie devant vous. Les quelques jeunes gens

dans votre style que j'ai convaincu de rejoindre ma société s'en portent très bien. Je leur ai tout donné. Je leur ai offert des postes stratégiques où ils excellent, je les ai aidés à acheter des appartements, je leur ai payés leurs vacances, offert tous les voyages qu'ils souhaitaient. Je peux vous prêter mon yacht tout l'été, je m'en fous, allez où vous voulez avec. Vous aurez tout ce que vous voudrez. Tout. Voir les gens tels qu'ils sont vraiment, croyez moi, ça vaut toutes les compensations du monde pour oublier l'état des choses.
- Mais pas que l'on peut les avoir à sa merci.
- Ils sont coriaces malgré tout vous savez. Ils ne se laissent pas manipuler comme on veut. Sans ça il n'y aurait jamais de grèves.
- Vous ne les considérez pas comme des êtres humains à part entière.
- Bien sûr que si voyons ! Sans eux, je ne serais rien. Bien sûr que les yeux blancs sont humains. Ils sont l'humanité même. Ce sont les gens comme vous et moi qui sommes surhumains. »

Le cœur d'Ivan se crispait. Il voulait partir. Il ne souhaitait pas en entendre davantage.

« Merci pour le diner. Mais je ne veux pas travailler avec vous.
- Réfléchissez tranquillement. Vous me donnerez votre réponse plus tard.
- Ce sera non. »

Ivan quitta le restaurant. Il héla un taxi et décida finalement de marcher. Il marcha une partie de la nuit avant de rentrer dormir.

\*\*\*

Le 23 décembre, en sortant de réunion, Ivan vit cinq appels manqués de sa mère. Il l'avait déjà laissée appeler dans le vide la veille. Ce n'était plus tenable. Il s'enferma dans son bureau et la rappela. Elle décrocha avant même la première tonalité.

« Non mais je rêve ! C'est pas croyable ! Deux jours ! Deux jours qu'on essaye de te joindre !
- Pardon maman.
- Je m'en fous de tes excuses ! Noël c'est demain ! Et tu n'es pas là ! Tu avais promis que tu viendrais plus tôt cette année.
- Je n'ai pas vraiment promis. Tu interprètes. Et même si je l'avais fait, j'ai eu un imprévu.
- Ben voyons !
- Je suis désolé maman.
- Quand est-ce que tu arrives !? »

La main d'Ivan se resserra sur le téléphone. Sa mère perdait ses nerfs. Chaque seconde devenait un supplice. Et il redoutait celles qui suivraient son annonce.

« Je ne peux pas venir cette année maman. Cette année ce n'est pas possible, j'ai … Je commence un nouveau travail dès le 26. C'est très important. Je voulais vous l'annoncer mais … »

Il interrompit son mensonge improvisé. Il entendit sa mère pleurer.

« Je suis désolé maman... »

La communication fut coupée. Ivan sentit sa gorge enfler de douleur à ne plus pouvoir respirer. Il appliqua le plat de ses mains sur son bureau pour ne pas s'effondrer de chagrin. Si sa mère avait désormais une peine terrible, il en avait bien plus encore.

***

Le 24 décembre, Ivan resta au bureau jusqu'au dernier moment. Il avait voulu rester occupé le plus longtemps possible pour faire comme si le soir qui s'annonçait était un soir comme les autres.

Il vit tout le personnel défiler dans son bureau au compte-goutte pour lui souhaiter Joyeux Noël. Il put même esquisser un sourire lorsque Jérôme et Bruno vinrent le saluer, vêtus d'affreux tricots à guirlandes intégrées.

Il ne s'en alla que lorsque tout le monde fut parti.

Le tramway était vide. A l'exception d'un homme aux yeux blancs assis près de la porte. Ivan croisa son regard absent, et lui adressa un petit signe de la main avant de sortir à son arrêt.

Il ne dîna pas, ce soir-là. Tandis que toutes les familles ou presque se trouvaient réunies dans des foyers chaleureux. Tandis que tous les gens qui s'aiment abattaient les distances pour se retrouver, Ivan était seul, affalé sur son canapé devant un vieux film en noir et blanc qu'il ne regardait pas en enchainant les cigarettes.

Il pensait à sa famille qui lui manquait, à la colère de sa sœur qu'il avait eue la veille au téléphone, lui faisant part de l'incompréhension et la peine qu'il provoquait à toute sa famille. Il se sentait comme une merde de ne pas avoir eu le courage d'affronter leur vrais regards, il n'avait pas mesuré la douleur qu'il leur infligerait, ni qu'elle lui serait insupportable.

Il sortit un album photo que sa sœur lui avait offert avec des images de la famille s'étalant depuis la jeunesse de leurs grands-parents. Il regarda toutes les pages, chaque cliché, chaque sourire, pour se sentir un peu avec eux.

Il se leva, tourna en rond avec la télé en sourdine. Il contempla l'immeuble d'en face, où derrière chaque fenêtre allumée se tenait une famille. Et derrière chaque volet fermé une famille ailleurs. La famille. Une notion qu'il devait oublier. Sans qu'il n'eut rien choisi, il faisait désormais partie d'une autre famille.

Il ramassa son téléphone resté muet toute la soirée.

« Allo ?
- Joyeux Noël, Monsieur Aubert.
- Ah ça alors ! Joyeux Noël à vous aussi mon petit Ivan ! Ça me fait plaisir ».

La voix enjouée de Tristan se noyait dans un heureux chahut de rires de tous âges. Ivan sentit le boucan s'atténuer et devina que son interlocuteur s'en éloignait pour mieux l'entendre.

« Vous êtes avec Maurice ?
- Oui il est là, comme chaque année. Vous voulez lui dire un mot ?
- Non, mais transmettez lui mes bons vœux. Ce n'est pas pour cela que je vous appelle.
- Tiens donc, fit Tristan, feignant la surprise. Je vous écoute.
- Je voulais vous dire ... Je suis d'accord. J'accepte de venir travailler avec vous.
- Alors ça mon vieux ... c'est le plus beau cadeau que j'aurais eu ce soir ! ».

\*\*\*

Le matin de Noël, Ivan prit conscience qu'il avait huit longs jours à tuer. Langlais ne revenait de vacances que le 2 février. Il devait attendre cette date pour lui donner sa démission. Il comptait commencer chez Tristan dès le lendemain, une fois son bureau vidé. Il n'aurait qu'à le déménager dans la tour à côté. Beaucoup plus haute.

*Qu'est-ce que je vais faire de tout ce temps ?* Il eut un début de réponse quelques heures plus tard, lorsqu'il sentit son ventre se tendre et se contracter, la nausée monter et la fièvre le gagner : il allait être malade. *Putain de programme.*

Il fut soulagé que son généraliste fût disponible et le fit déplacer à domicile. Le vieil homme soignait ses tracas d'hiver depuis des années avait conservé ses yeux marrons.

« Oh, docteur ... soupira Ivan avec autant de surprise que de soulagement.

- Oui oui je lui là », le rassura le médecin sans se douter que cet emphase n'était pas due à des inquiétudes de santé.

Il ausculta longuement son patient, lui posa de nombreuses questions. Plus nombreuses que d'habitude.

« C'est une gastro-entérite. Je vais vous prescrire ce qu'il faut pour vous soulager un peu.

- Bien docteur.
- Vous connaissez le principe : attendez que ça passe, buvez beaucoup mais surtout, reposez-vous. Vous avez une mine inquiétante. Je ne vous ai jamais vu comme ça. Je n'ai pas besoin d'analyse approfondie pour comprendre que vous êtes épuisé. Alors ce n'est sans doute pas la meilleure façon de passer les vacances, mais au moins vous serez obligé de vous reposer. Et s'il y a quoi que ce soit, je reste disponible. Je partirai en vacances mi-janvier.
- Entendu. Merci beaucoup ».

Les jours qui suivirent furent rythmés de voyages du lit au canapé. Une fois le passage en pharmacie effectué, ses allées venues se réduisirent du salon à la chambre. Agité d'insomnies, il se réveillait parfois quand le jour tombait. La fièvre avait ses heures de pointe. Il regardait des vieux films en vidant des packs de Badoit. Ses siestes étaient peuplées de cauchemars monstrueux dont il ne se souvenait plus au réveil. Il appela sa mère un soir.

« Maman ...
- Oui Ivan ? » fit une voix glaciale.

Sans l'avoir senti venir, Ivan éclata en sanglots.

« Maman, pardon ...
- Ivan, tu vas bien ?
- Je t'aime maman ...
- Moi aussi je t'aime mon fils. On t'aime tous très fort. »

Il avait ensuite pleuré des heures à s'en faire mal au ventre et s'était endormi d'épuisement. Au réveil, il n'était plus sûr que ce coup de fil eut vraiment existé.

Il reprit des forces peu peu. La veille de la rentrée, il sortit prendre l'air. Il était guéri.

\*\*\*

Ivan se tenait debout face à Langlais. Ce dernier était resté tassé sur son fauteuil en cuir. Dernière lui, de nouveau, les flocons dansaient autour des bâtiments d'acier. Il avait encaissé la nouvelle sans exprimer d'émotion, ni chercher à l'appâter avec une promotion. Il finit par se lever.

« Tout est clair, Garnier. Je suis ravi de vous avoir compté dans mon équipe. Je vais vous regretter.
- Merci Monsieur Langlais. »

Il y eut une poignée de main, froide et cordiale. Et Ivan sortit du bureau de son ancien patron.

Il traversa la partie open space et avança parmi les bureaux en même temps que la rumeur de sa démission. Lorsque le bruit qui courrait se confirma, ce fut un défilé permanent dans le bureau d'Ivan. *On va te regretter. Vous allez travailler où ? Félicitations. On se reverra alors.* Bruno et Jérôme en avaient presque eu la larme à l'œil. Quand à Dana, la jeune femme avait vraiment pleuré.

La gorge d'Ivan ne cessait d'enfler, se serrait de tristesse et d'angoisse. Il ne savait pas ce qui l'attendait, et n'avait pas pensé une seule seconde que son départ susciterait tant d'émotions. Tant de tristesse dans ces yeux sans expression.

Lorsqu'il eut tout empaqueté, il se dirigea vers l'étroit escalier qui menait au toit. Il y était monté de temps en temps, lorsqu'il voulait prendre l'air sans savoir le temps de descendre. Il voulait voir la vue une dernière fois.

Il admira le paysage glacial parsemé de flocons. Le vent soufflait fort sur le toit. Il leva les yeux vers la cime où se trouvaient ses nouveaux bureaux et son avenir. En bas, il distingua la version miniature de Maurice, immobile sur le banc. Il n'était pas encore arrivé lorsqu'Ivan était passé devant ce matin. Il fallait qu'il lui souhaite une bonne année. Mais il réalisa que cela sonnerait trop ironique dans sa bouche. Comment cet homme pouvait-il passer une bonne année. Il passerait au mieux une année de plus. Il savait parfaitement ce qui l'attendait, en réalité. Il avait pris le chemin inverse du vieil homme. La décision opposée. Celle de régner sur ces petites fourmis qui circulaient à ses pieds. *Nous allons mettre le monde à genoux,* lui avait annoncé son futur patron. *C'est moi qui suis à genoux*, murmura Ivan. Il pensa à sa famille. Et à celle qu'il ne construirait jamais.

Une larme de froid traça sur son visage un sillon glacé.

Et comme s'ils avaient prévu de l'accompagner, les flocons redoublèrent lorsqu'Ivan sauta dans le vide.

\*\*\*

Au trente-huitième étage en ce 3 janvier régnaient pleurs et consternation. Des voix s'emmêlaient, s'entrechoquaient.

« Je ne comprends pas …
- Il venait de décrocher un nouveau job !
- Sa famille !? Vous pensez qu'elle a été prévenue ?
- C'est affreux …
- Dana l'a vu chuter. Elle a même entendu les hurlements quand il s'est écrasé.
- Un garçon si brillant …

- C'est horrible, mais bizarrement, je ne suis pas étonné », dit Bruno tout bas.

Ses collègues tournèrent vers lui des yeux incrédules qu'il voyaient en couleur.

« Il était devenu bizarre depuis quelque temps, poursuivit-il. Il avait l'air agité, par moments il avait carrément l'air fou, comme s'il avait vu des fantômes.
- C'est vrai, ajouta Jérôme, tristement pensif. Parfois on aurait dit qu'il devenait dingue. Il avait des attitudes inhabituelles. Et puis, il passait pas mal de temps avec un clochard en bas. Il passait des heures à parler avec lui. Ouais ... il n'avait pas vraiment l'air d'aller bien. »

## **LETTRE À VINCENT**

Mon cher enfant,

Tu ne me connais pas encore, tu es trop petit. Pour l'instant tu dors à poings fermés. Profite de ce calme, de l'innocence de tes rêves, car un jour viendra où tu m'appartiendras. Et tu ne connaîtras plus jamais la paix.

Je ne suis pas ton père, je ne suis pas ta mère, mais c'est moi qui t'ai fait. Je ne t'ai pas mis au monde mais je suis héréditaire. Ce n'est pas moi qui vais te nourrir ni t'élever. Mais c'est moi qui vais te façonner.

Je ferai de toi un génie. Et je t'assommerai ensuite.

Nous allons accomplir de grandes choses ensemble. Je serai sévère, impitoyable, c'est à craindre. Ce sera pour ton mal autant que pour ton bien. J'ai d'ambitieux projets pour toi et tu seras mon esclave.

Je t'asservirai, je serai ton ombre et tu feras ce que je déciderai pour toi. Je t'écraserai quand j'en aurai envie, et je ne t'aiderai pas à te relever. Je t'enfoncerai, enliserai tes jambes dans la boue de l'enfer. Je te ferai sortir hors de ton corps pour que tu glisses dans des mondes inférieurs. Dans ces ténèbres je ferai exhumer des démons qui brûleront pour toi, et les laisserai plus tard voler au-dessus de ta tête.

Je ne te veux pas que du mal, tu ne dois pas avoir peur. Tu verras, tu me devras tout. Je serai ton élan. Je ne tiendrai pas tes pinceaux mais te pousserai vers les toiles. Je t'aiderai à choisir tes couleurs, je serai derrière chacun de tes paysages. Je me cacherai dans le décor et derrière tes modèles, je te montrerai ce qu'il faudra voir, je te dicterai ce qu'il faudra saisir. Tu ne me verras jamais nulle part mais je serai partout là où tu peindras. Et partout là où tu ne peindras pas.

Je serai le monstre invisible contre lequel tu te battras à l'aveugle et en vain sans pouvoir le nommer.

Tu n'auras aucune chance de m'échapper. Rien ni personne ne me fait disparaitre. Tout ce que tu tenteras pour m'éloigner me donnera plus d'emprise encore sur toi. Plus tu voudras prendre de distance, plus je resserrerai les chaines autour de ton cou. N'oublie jamais que si je lâcherai parfois du lest pour te laisser respirer, je te tiendrai en laisse, mon enfant. J'aurai à tout moment le pouvoir de t'étrangler si l'envie me prend.

Pour mieux m'abattre sur toi, pour mieux te soumettre je t'isolerai. Je te ferai passer pour fou pour ne pas qu'on t'entende. On rira de toi, on se méfiera. Parce que je n'aime pas voir mes enfants se marier, je tiens à les garder pour moi. Certains m'échappent cependant, trouvent quelqu'un qui les aime malgré moi, qui les aime plus que moi. Alors je veillerai à ce que cela ne t'arrive pas. Je te laisserai néanmoins avoir quelques amis, et quelques aventures, c'est promis.

Nous serons déjà bien assez de nous deux. Je serai ta vie et ton drame, ton repli et tes larmes. Je serai la colère tapie derrière ton sourire. Je te ferai aussi brillant qu'inapte. Tu seras sublime et misérable.

Il est vrai que j'ai des milliers d'autres enfants à bercer, mais je dois t'avouer qu'en cette époque tu es de loin mon favori, mon élu. Le temps de tes frères et sœurs viendra plus tard, et certains ont déjà eu leur heure de gloire avant leurs fins sordides. Certains sont restés anonymes avec d'autres fins sordides. Et d'autres enfin auront bien vécu et mieux fini. Ne te préoccupe pas de leur sort, j'ai tout mon temps pour eux car je suis presqu'immortelle. Je m'éteindrai en même temps que l'humanité et pour l'instant, j'ai jeté mon dévolu toi. Et je ne t'épargnerai rien. Tu te couperas pour moi. Tu te tueras pour moi.

Je ferai brûler ton nom, il irradiera les siècles qui suivront. Van Gogh résonnera illustre. Je ferai de toi un exemple, un martyre et une légende.

Je ne suis pas ton père, je ne suis pas ta mère. Je suis ta maladie.

Tu seras bipolaire, mon fils.

## SÉRIE B


Jour 1

L'ennui tétanise. C'est un acide qui ronge de l'intérieur et laisse les yeux éteints. C'était précisément ce que ressentait Denise à cet instant-là, allongée sur sa serviette, genou replié devant les vagues plates. Et chaque autre jour de sa vie.

Les yeux fermés, elle subissait les cris perçants des mouettes et des enfants, le bourdonnement au loin des bateaux à moteur et, plus près, le froissement du journal de son mari. Elle pivota la tête vers lui, concéda à ouvrir les yeux. Bertrand lui sourit en agitant le quotidien pour le défroisser sur ses jambes. Il semblait se plaire ici, décoiffé par le vent de la mer du Nord. Par effet d'optique, de la perspective où Denise regardait, Bertrand devenait un géant adossé à même les longs immeubles blancs, atroces constructions sorties du sable pour les vacanciers depuis l'avènement des congés payés. *Ces barres ont surgi directement de l'enfer*, avait-elle entendu dire un jour.

Elle revint à sa sieste.

\*\*\*

Denise imprima du rouge à lèvres orangé sur sa serviette en tissu, tandis que Bertrand décortiquait ses crevettes. Le craquement des carcasses cédant sous la pression de ses doigts rythmaient le diner d'un impitoyable écho. Depuis la terrasse du restaurant, Denise pouvait contempler à regret l'Hôtel de la Baie. Lorsque Bertrand avait décidé qu'ils passeraient leurs vacances ici, Denise avait tenté de le convaincre de longues semaines durant de réserver dans cette vieille bâtisse en pierre à trois étages qu'elle avait vue sur une brochure. Bertrand avait répliqué qu'il préférait le confort moderne des appartements de location, quitte à payer plus cher. Lorsqu'il avait fini par céder à sa femme, l'Hôtel de la Baie était déjà complet.

Jour 2

Denise émergea de sa troisième sieste de la journée. Elle n'avait ni envie de lire Maupassant ni à surveiller d'enfants. Alors elle ne cessait de s'assoupir sur le sable. Les enfants viendraient bien assez tôt, Bertrand souhaitait les programmer pour la rentrée. Selon lui, selon leurs parents, selon leurs amis, simples connaissances et illustres inconnus, au bout de trois ans de mariage, il était plus que temps d'entamer une descendance.

Elle demanda l'heure à Bertrand qui séchait allongé à côté d'elle. Elle regretta que le temps fut passé si lentement car elle aurait juré avoir dormi trois heures. Elle s'assit, passa et repassa sa main dans le sable à mesure qu'un nœud se formait dans sa gorge. Elle détestait cette station balnéaire sinistre.

Ses parents lui manquaient. Elle aurait voulu profiter de l'été pour aller les voir mais Bertrand avait réservé ici pour toutes les vacances. Après il serait trop tard. Il était déjà trop tard, cependant. Elle n'avait pas envie de rentrer dans leur appartement, ni dans leur location de vacances. Elle n'avait plus envie de rentrer nulle part. Elle n'avait, depuis quelques temps déjà, plus envie de rien.

Et c'était encore pire ici.

Peu à peu la plage se vidait, désertée par ceux qui souhaitaient avancer l'heure de l'apéritif ou dont les enfants avaient envie d'une glace sur la baie pour le goûter. Sans compter sur le ciel qui au fil des heures avait mué terne et gris. Denise ne voyait que de la poussière et des enfants en maillot de bain animés de leur gestuelle inutile. Sans s'en apercevoir, elle avait enfoui ses jambes entières sous le sable, le ramenant mécaniquement sur elle à grandes brassées. Elle aurait voulu se noyer dedans. Et sa gorge enflait. Son crâne se vidait d'ennui par les deux oreilles et s'emplissait de vase.

Elle voulait pleurer mais avait les yeux secs depuis une éternité et n'était pas certaine de savoir encore le faire. Une larme après l'autre, ce ne doit pas être bien compliqué. Mais elle n'était ni sûre d'y arriver, ni certaine de pouvoir se retenir. Elle bondit et parcouru les deux pas qui la séparaient de leur cabine de plage, prétextant d'une voix anormalement aiguë vouloir changer de maillot de bain.

Elle ferma la porte. Le petit édifice étroit était laissait filtrer de la lumière par les interstices irréguliers entre les lattes de vieux bois. Il n'y avait là rien d'autre que leurs serviettes humides séchant sur des portants en fer, un sac de plage en toile et une glacière posée à même le sol maculé de grains de sable mouillés, une chaise longue qu'ils n'avaient jamais réussi à déplier et un minuscule tabouret en métal.

Denise eut soudain froid. Elle ne savait pas par où commencer, n'avait pas envie de s'assoir. Lentement, elle fit un tour complet sur elle-même en se frictionnant les bras. Elle s'arrêta, colla son dos contre le mur face aux serviettes et regarda droit devant elle. Elle tenta de se concentrer sur le tissu éponge, de se focaliser sur quelque chose, alors peut-être les larmes viendraient. Tout était humide autour d'elle, c'eut été un comble que ses yeux s'obstinent à rester secs. Mais rien ne vint. Elle abandonna. Il lui faudrait désormais composer avec le nœud dans sa gorge qui l'étouffait et ne voulait pas se dissoudre.

Elle prit de longues inspirations pour se calmer, expirant tout l'air en sifflant. Elle focalisa son regard sur les serviettes, seuls éléments qui coloraient l'intérieur de la cabine. Il y en avait une vert olive, une autre jaune zébrée de noir comme une abeille. Derrière ces draps de bain, le mur ne laissait pas passer de lumière. A la place des planches, il y avait comme un grand panneau sombre taillé d'une seule pièce où l'on avait cloué les porte-serviettes. Curieuse, Denise approcha sa main et la posa à plat sur la paroi. Et elle effleura quelque chose de froid accroché au milieu. Elle fronça les sourcils et écarta les serviettes. C'était une poignée en métal. On aurait dit que le mur entier était en réalité une autre porte. Denise demeura perplexe, cela n'avait aucun sens car la cabine, à peine plus grande qu'un tombeau, n'excédait pas les deux mètres carrés. Il était absurde de concevoir deux portes dans espace aussi minuscule.

Ses tourments s'estompèrent, toute absorbée qu'elle était par le non-sens de cette poignée. Il fallait qu'elle vérifie qu'il s'agisse d'une seconde porte, elle n'avait pas envie de ressortir de la cabine avec cette interrogation, si futile soit-elle. Elle pressa l'excroissance métallique et poussa le panneau. Le mur céda en grinçant, et pivota en inondant la cabine de lumière. C'était bien une seconde porte. Denise acheva de la pousser et sortit par cette nouvelle ouverture.

Elle fit un pas sur le sable, les yeux rivés au sol prête à retourner s'allonger. La serviette sur laquelle elle s'apprêter à retourner faire la sieste avait disparu. Peut-être s'était-elle envolée. Alors elle leva la tête et eut l'innommable sensation que *tout* avait disparu.

\*\*\*

Il n'y avait plus ni cris stridents ni mouettes ni mouvement. Denise n'entendait que le souffle du vent dans les roseaux de sable et les vagues. Alentour les vacanciers s'étaient estompés sans laisser nulle trace de leur passage. Le sable était régulier et sec jusqu'à la mer, sans le moindre château, sans la moindre construction hasardeuse érigée dans l'humidité.

Denise eut une forte impression de vertige et se maintint avec peine sur ses jambes. Où tout ce monde était-il passé ? S'étaient-ils rués vers la promenade pour regagner un abri suite à une menace éclair ? Et par quel prodige avaient-ils pu s'en aller aussi vite ? Pour quelle raison Bertrand l'aurait-il abandonnée dans la cabine sans la prévenir ?

Denise se retourna vers la ville. Mais en lieu et place des constructions se dressaient des oyats, plantés dans le sable à perte de vue.

*Tout a disparu.*

Dans ce paysage soudainement désert, il ne demeurait que la cabine à rayures rouges et blanches. Suffocante de peur, au bord du malaise, Denise recula en titubant jusqu'à la construction. Elle s'engouffra dans l'obscurité et claqua la porte sur elle.

\*\*\*

Soudain le bruit lui parut assourdissant. Denise jaillit hors de la cabine par la porte. Bertrand dormait allongé sur le ventre. Tout était logique, bruyant et en place. Le soleil avait à nouveau percé les nuages et un joueur d'orgue de barbarie était venu recouvrir le vacarme des vacanciers.

Elle pensa qu'elle avait dû s'assoupir debout et rêver dans la cabine.

\*\*\*

Denise vit son trouble s'estomper au cours du dîner et de la dernière promenade du soir devant la mer sombre. Les questions, les doutes sur l'étrange sentiment d'irréalité ressenti plus tôt dans la journée avaient disparu. Il ne lui restait plus que cet arrière-goût de tristesse amère au fond de la gorge.

Jour 3

Il n'y avait pas seconde de porte dans la cabine. La poignée de la veille avait dû être une illusion d'optique, et le passage de la porte inexistante, un rêve éveillé. Denise avait bien vérifié, c'était la première chose qu'elle avait fait en arrivant à la plage. Rien que des planches clouées et des serviettes désormais sèches.

Elle n'en n'avait pas parlé à Bertrand, c'était inutile.

Elle passa la journée à tenter de se distraire. Elle se força à sourire en attendant que cela gonfle, que la spontanéité reprenne le relai. Elle songea à la rentrée, à son atelier de broderie, improvisé au début de son mariage dans une pièce vacante. Activité qui depuis peu connaissait un succès croissant et, grâce au bouche à oreille, commençait à crouler sous les commandes. Un hôtel qui venait d'être rénové dans leur petite ville lui avait récemment demandé de confectionner des rideaux pour toutes les chambres d'ici l'automne. Il lui faudrait bientôt embaucher une couturière en renfort un jour ou deux par semaine, et elle songeait à composer un catalogue chez un imprimeur pour élargir encore sa clientèle. C'était un beau projet. Denise était sans doute en cet instant la seule personne de la plage qui se languissait de retourner travailler.

Quant à Bertrand, étalé dans le sable, échoué avec ses mots croisés, il semblait savourer chaque seconde qu'il ne passait pas au bureau.

\*\*\*

Au cours du dîner, Denise pensa de nouveau à son absurde rêve. Elle avait eu très peur la veille et venait seulement de le comprendre. Elle balaya ces pensées idiotes d'un geste de la main et Bertrand lui demanda ce qu'elle faisait. Elle se contenta de sourire et répondit, bien qu'il n'en fût rien, qu'elle était heureuse d'être ici.

***

Une pluie imperceptible arrosait la plage. Denise marchait sans faire attention aux éclats de coquillages qui craquaient sous ses pieds. *Maman !* entendit-elle, quelque part. *Maman, regarde mon château !* Denise ne repéra pas l'enfant qui criait, mais en vit d'autres courir vers la mer agitée. Ils se précipitaient vers les vagues par dizaines avec le même élan, une démarche lourde, comme lestée de poids, comme s'ils n'avançaient qu'à peine. *Maman !*

Un couple âgé assis côte à côte sur leurs transats fixaient l'horizon gris. Le vieil homme laissait s'échapper les pages de son journal. Elles s'envolèrent une par une dans la même direction, à la manière d'un jeu de cartes distribué d'une main experte. Denise suivit les papiers des yeux. Ils tournoyaient dans le ciel assombri. Il y eut un éclair. Denise sursauta. *Maman regarde !* La voix venait de plus loin mais semblait plus forte, plus grave. Et sous le couple de vieux, les transats avaient disparu. Les vieux restaient assis *en suspension,* à regarder la tempête arriver. *Maman !* Les enfants avaient atteint les vagues sans aucune surveillance. Il n'y avait aucun parent, sur la plage, juste un immense chien noir qui détalait dans un galop paniqué. Mais un galop *ralenti.*

Le vent redoubla de force. Denise s'adossa à la cabine. *Maman viens voir mon château ! Maman regarde !* Mais la voix implorante n'avait plus rien d'enfantin. C'était une voix assourdissante et gutturale, une voix de monstre sortie des entrailles de la terre et qui fit trembler le sable. *REGARDE MON CHATEAU !!!*

Denise fit le tour de la cabane. C'était dans cette direction qu'il fallait regarder, dos à la mer. Le château se dressait là. Et il n'avait rien d'un vulgaire pâté de sable.

Les barres d'immeubles, la ville entière était en sable mouillé. Des murs immenses de sable brun d'où pendaient des algues piégées. Denise se paralysa. Elle voulait courir, pourtant. Un vent tonitruant s'abattait sur les vagues qui montaient, rampaient le long de la plage, charriant des centaines de méduses mortes dans leur écume.

Denise hurla. Dès l'instant où la première mesure de terreur jailli de sa gorge, un immeuble de sable s'écorna. Tandis qu'elle ne cessait de hurler, de gauche à droite, sur toute la baie, les édifices de sable s'effritèrent.

Et la ville entière s'effondra. Quant à Denise, hurlant toujours, elle se redressa dans le lit, donnant à Bertrand la frayeur de sa vie.


Jour 4


Elle déposa la glacière sur le sol granuleux de la cabine avant de vérifier sous les serviettes sèches de la veille. Pas de porte. Denise avait pourtant le sentiment irréaliste que le mur, *si elle le souhaitait*, pouvait s'ouvrir. Elle se contenta d'ôter sa robe d'été et de sortir nager. L'eau fraîche et salée du matin la réveilla, effaçant en quelques brasses les stigmates de sa nuit agitée. Un gros labrador inconnu vint à sa rencontre au milieu des vagues et nagea à côté d'elle pour regagner la plage. Une fois sortis de l'eau, le chien se secoua vigoureusement et galopa en direction de son maître au regret de Denise qui rejoignit Bertrand devant la cabine.

A l'heure du déjeuner, tandis qu'ils mangeaient leurs sandwichs au rôti confectionnés plus tôt dans le coin cuisine de leur appartement de vacances, Denise évoqua l'idée d'adopter un chien. Bertrand s'y opposa. Il n'aimait pas les animaux, qui, argumenta-t-il, ne servaient à rien, tout en mordant une tranche de viande froide. Denise répliqua que les enfants non plus et qu'il en voulait quand même. Son mari parut si choqué qu'il en devint blême et sa bière lui glissa des mains. Devant cette réaction d'effroi, Denise se ravisa, força un petit rire en déclarant qu'elle plaisantait. Rassuré, Bertrand lui concéda que lorsque leurs enfants seraient assez grands, il ne serait pas contre l'idée d'adopter un chien. Parce que les enfants aiment bien les chiens.

***

Denise ne voulait plus regarder sa montre. L'après-midi était interminable. Il ne s'était passé que deux heures depuis le déjeuner, et elle avait l'impression qu'il s'en était déroulé dix. Elle ne voyait rien de formidable dans le fait de rester allongée face à la mer au milieu de vacanciers inconnus. Ces gens, tout comme Bertrand, semblaient avoir attendu chaque jour de l'année pour se vautrer dans le sable. Leur joie de vivre, leur enthousiasme organisé étaient tout à fait grotesques. Elle les étudiait d'un œil à demi ouvert et ne les comprenait pas. Elle ne comprenait ni leur entrain, ni leurs bavardages inconséquents. Elle restait spectatrice d'une joie collective dont elle ne percevait que de l'ennui.

Denise fit intervenir une voix dans sa tête pour l'aider à se convaincre que l'insensé n'était pas dans le spectacle de ces vacanciers mais dans ce qu'elle en ressentait. Elle fit jouer les phrases comme un refrain. *La plage, c'est bien, c'est ça qu'il faut faire l'été, c'est logique. Tout le monde va à la plage, tout le monde aime ne rien faire. Les vacances, c'est la plage. Il faut être content d'être ici, c'est comme ça que ça marche. En vacances on est heureux. Sois heureuse s'il te plait, fait un effort. Aime la plage.* Ces phrases n'eurent pour effet de lui paraitre plus ridicules encore.

Elle finit par s'assoupir. Elle rêva qu'elle sortait de son corps et entrait dans la cabine. A l'intérieur, elle poussait la porte imaginaire. Elle l'entrouvrit et poussa un cri.

Le ballon lui cogna le bras de plein fouet avant de rebondir à quelques mètres. *Pardon*

*Madame*, entendit-elle de loin. Les enfants avaient déjà détalé. Elle se redressa pour masser son épaule douloureuse. Bertrand abandonna ses mots croisés et s'accroupit à côté d'elle. Il lui palpa le bras, s'assurant qu'elle n'avait rien et lui distribua quelques gentils mots avant de grogner que ces gosses étaient de vrais petits cons. Il s'enquit de savoir si elle avait besoin de quelque chose. Denise secoua la tête, encore à moitié endormie, abrutie par le sommeil et la chaleur. Il lui fallait prendre un peu d'ombre et appliquer quelque chose de frais contre son bras.

Enfermée dans la cabine, elle sortit une gourde d'eau encore fraiche de la glacière. Elle en avala quelques gorgées et maintint le récipient là où le ballon l'avait percutée. Son cœur battait fort à cause de la chaleur, et du passage rapide de la lumière aveuglante à la pénombre. Elle se sentait prise de vertiges, les sons mélangés de la plage lui parvenaient mille fois amplifiés, la cabine comme une caisse de résonance. Les enfants chahutaient, leurs parents criaient, les vendeurs de beignets aussi, les adolescents piaillaient, un avion survolait la plage en bourdonnant, sans couvrir les chants agressifs des mouettes.

Denise sentait la nausée monter comme si son cœur allait lui sortir par la bouche. La pièce minuscule tournait autour d'elle. Suffoquant, elle se maintint en équilibre en se tenant aux parois, et laissa tomber la gourde qui roula sur le sol. Elle étouffait. L'air était irrespirable, et tout n'était plus que bruit, bourdonnement, cris et fournaise moite.

Puis les sanglots jaillirent. Elle ne s'entendit pas pleurer, tant les sons de la plage lui fracassaient l'intérieur du crâne. Et les murs, si rapprochés pourtant, semblaient encore se resserrer autour d'elle. Denise s'agita. Il fallait qu'elle sorte. Des deux mains, elle arracha les serviettes de leur portant et eut un mouvement de recul. La poignée était revenue.

Sans réfléchir davantage, Denise poussa de tout son poids sur la porte.

\*\*\*

Silence. Le vent soufflait du bout des lèvres. Il lissait les vagues, caressait les roseaux de mer qui bruissaient dans un murmure. L'air était tiède, le ciel laiteux avait une couleur de perle. Denise sentit comme un serpent brûlant de peur se nouer dans son ventre, stupéfaite de cet endroit qui l'hypnotisait.

Cette plage était pourtant la même que celle de tout à l'heure, mais le contraste était vertigineux. L'étendue était vide. Pas une âme ne semblait un jour avoir foulé ce paysage avant la sienne. Tout ici paraissait pur, l'endroit avait l'innocence d'une peinture, aussi placide qu'une nature morte.

Denise avait cessé de pleurer. Hésitante, elle avança d'un pas. Le sable était blond et fin, sans éclats de coquillages. Du sable seulement. Devant elle, la mer calme s'étendait à l'infini, et les vagues ne charriaient rien, ne laissaient pas d'écume là où elles étaient ravalées. Elle s'arrêta au bord des vagues et attendit de sentir l'eau de la mer. La vague arriva, tiède et cristalline jusqu'à ses chevilles. Les larmes avaient séché.

Elle se retourna. Elle avait vu la mer, elle voulait explorer la terre, savoir ce qu'il y avait à la place des constructions. Elle dépassa la cabine et remonta au milieu des oyats. Il n'y avait là que de la végétation sauvage, des tiges de vert pastel indomptées qui s'érigeaient hors du sable. Plus loin, sans doute à plusieurs heures de marche, la terre s'élevait en collines, couverte de roseaux. Denise eut un frisson. Il n'y avait ni route, ni maison. Pas plus que d'oiseaux dans le ciel ou de coquillages échoués. Elle eut la révélation que cette terre, plus qu'inhabitée, était vierge de toute vie.

Elle fit à nouveau face à la mer, comme si l'océan allait lui répondre. Elle balaya le panorama sauvage du regard avant d'être saisie d'un effroi électrique. La cabine, seule emprunte de l'existence de l'humanité, était en train de disparaitre. La construction s'effaçait dans une buée irrégulière qui flottait atour d'elle, la rendant peu à peu translucide. Bientôt, l'édifice serait entièrement avalé par le néant.

Denise bondit. Elle se rua en direction de la cabine, se tordant les chevilles sur le sable. Elle semblait se rapprocher au ralenti de ce qui ressemblait de plus en plus à un mirage. Le sang lui cognait aux tempes. Si elle ne regagnait pas la cabine avant qu'elle ne disparaisse entièrement, elle resterait coincée ici pour toujours, dans cette immensité vide, une solitude vertigineuse. Et elle redoubla de vitesse. La cabine n'était plus qu'à deux mètres, quasiment invisible.

Elle était à une seconde de s'effacer lorsque Denise se jeta entre ses murs transparents.

***

Entre les parois sombres, son cœur cognait aussi fort que les cris de l'oiseau perché sur le toit. Denise était livide lorsqu'elle ressortit. Bertrand se leva et s'inquiéta, lui demanda si elle avait toujours mal à l'épaule, son visage inquiet la rassura. Elle répondit que tout allait bien et cela suffit à convaincre son mari qui retourna aussitôt à son bain de soleil.

Puis Denise reçu le chahut, les papiers gras, le bruit des bateau, les éclaboussures et la vie en plein visage. Peu à peu, elle reprendrait des couleurs. Car elle était encore pâle de frayeur.

Livide mais soulagée.

***

Minuit était passé. Persuadée que ce qu'elle avait vu cet après-midi-là n'était encore qu'un rêve, heureuse de ce que cela ne fut qu'une expérience onirique, ravie d'être revenue au bruit et à la vie, elle dormit d'un sommeil de plomb.

## Jour 5

Elle savourait son sorbet au citron en même temps que le soleil de dix-sept heures sur son visage. Elle avait aimé cette journée. Elle s'était baignée, avait ri aux plaisanteries de son mari et avait lu la moitié du *Horla.*

Denise avait mangé avec appétit et le sourire ne l'avait pas quittée.

Elle avait saisi ce jour-là que les vacances étaient un mal nécessaire, qu'il fallait qu'elle se repose pour reprendre sa petite entreprise de plus belle en rentrant chez elle. Elle se remémora les longs après-midi d'ennui brûlant dans la maison de village de ses grands-parents. Ils avaient rythmé son enfance jusqu'à la fin de son adolescence. Des jours entiers égrenés par le pendule du salon, la balançoire sur laquelle elle rêvait en regardant les oiseaux se poser dans le jardin et la vieille bibliothèque dans laquelle elle piochait lorsque l'oisiveté devenait insupportable. Aujourd'hui, ces jours de désœuvrement passés l'emplissaient de mélancolie. L'impatience, la sensation d'éternelle inaction lui avait laissé de merveilleux souvenirs, du temps où elle était encore adolescente, lorsque tous les rêves du monde étaient encore possibles. Elle aurait volontiers accepté de revenir s'ennuyer dans le passé.

Ses grands-parents étaient morts depuis quelques années maintenant, et leur maison, déjà vieille et abîmée, avait été laissée à l'abandon. Elle décida de ne plus y penser. Elle devait regarder devant. Même si pour l'instant, elle ne voyait rien.

Lorsque la nuit fut venue, alors que Bertrand s'était endormi à la seconde où leurs têtes avaient touché les oreillers, Denise fut incapable de trouver le sommeil.

## Jour 7

Voilà deux nuits qu'elle ne dormait plus et qu'elle somnolait à la plage. Lorsqu'elle marchait, elle avançait presque au hasard en évitant les obstacles et percevait les gens comme des mirages, le soleil et la mer comme quelque chose d'halluciné. Les choses, incohérentes, perdaient de leur réalité. Son mari n'était plus qu'une silhouette floue à qui elle répondait avec des mots synchronisés. Chaque parole relevait de l'exploit. Les syllabes sortaient avec l'impression d'articuler sous l'emprise de l'alcool.

La troisième nuit, elle finit par dormir. Elle ne rêva de rien.

## Jour 8

Denise était comme rechargée. Elle avait récupéré de ses insomnies, con corps avait retrouvé ses sensations. Elle sentit les coups de soleil attrapés dans sa torpeur lui tirer dans le dos. Cependant, si elle percevait les sensations comme avant, si son corps s'était remis des mauvaises nuits, elle sentait son esprit vidé. Elle ne se sentait pas connectée avec son environnement. Car dès lors qu'elle fut sur pied, elle sentit l'ennui évacuer d'elle tout élan de vie.

Elle se demanda si elle ne devenait pas folle. Elle hésita à en parler à Bertrand. Elle aurait voulu repartir. Charger le coffre de leurs affaires froissées dans la hâte pour rentrer chez eux, renouer avec ce quotidien rassurant.

Elle n'osa pas pour autant. Bertrand n'aurait jamais compris. Il avait payé pour ces vacances. Il comptait profiter de ses congés payés jusqu'à la dernière seconde, tirer sur la corde jusqu'à la fin du mois de juillet. Il était inconcevable que son épouse ne goûte pas à ce laisser aller avec le même plaisir que lui. Le bonheur était une obligation. Il était destiné à être consommé au bord la mer en été et il ne pouvait en être autrement.

Alors elle garda le silence. *Un couple est une paire de chaussures dépareillées*, lui avait dit un jour sa grand-mère. *Elles marchent ensemble mais ne sont identiques en rien, et il faut faire avec. C'est cela, le mariage.*

*Cela passera*, pensait Denise en regardant les mouettes. *Les vacances ne durent pas toute la vie, elles ne seront bientôt plus qu'un souvenir.* Elle se redressa et observa les gens. Un père et ses deux fils jouaient au ballon. *Inutile*. Une jolie femme déjà cuivrée de soleil offrait son dos aux rayons. *Provisoire*. L'homme allongé à côté d'elle lisait le journal. *Ephémère*. Un groupe d'enfants courrait vers les vagues pour s'éclabousser les uns les autres. *Vain*.

Seul le chien qui longeait la plage semblait poursuivre un but.

Denise pensa à la plage déserte qu'elle avait vue dans la cabine. Ce paysage vierge n'avait rien d'incohérent sinon qu'il n'existait pas.

Elle en rêva cette nuit-là. Elle y était entrée et s'était assise sur le sable.

## Jour 9

Ce fut le jour le plus chaud depuis le début de l'été. Denise avait entamé la journée avec un début de migraine. Des travaux avaient commencé en bas de l'immeuble où ils logeaient, et ils s'étaient réveillés au vrombissement d'une perceuse venue fracasser un bloc de béton.

Partout dans la petite ville balnéaire, les touristes suaient, relevant leurs manches, écrasés par la chaleur. La température frôlait les quarante degrés. Au soleil de midi les gens migraient en masse sous les parasols, à chaque recoin ombragé. Quant à Denise, elle s'était protégée du soleil à l'ombre de leur cabine, adossée à la porte imaginaire.

Au fil des heures, elle avait fini par ramper quelques mètres plus loin sous le parasol. Bertrand avait décalé sa serviette pour lui laisser une place et s'était endormi. Il ronflait légèrement, allongé sur le côté. Elle s'installa confortablement pour ne rien faire car elle n'avait à ce moment plus aucune volonté. Elle ne pouvait ni lire ni penser au milieu de ce bruit constant. Des voix, des coassements, des vagues et des hurlements. Des moteurs, des rumeurs, des plongeons, des bruits d'emballages et de conversations. Des rires grinçants et des pleurs d'enfants. Les sons se répétaient au rythme des vagues, se ravalaient pour rouler de plus belle. Des bouteilles qu'on ouvrait, une chanson, et le bruit d'un avion. Une porte de cabine, un choc de parasol et des acclamations.

Cet endroit l'essorait, la chaleur lui desséchait l'esprit. Et de son poste de surveillance, elle contemplait ceux, passionnément alanguis, qu'elle nommait les abrutis.

Cela faisait des jours qu'elle les regardait ne rien faire avec le cœur tordu à l'intérieur. Comment pouvaient-ils rire, quel plaisir pouvaient-ils avoir à être ici, leur vie était-elle si vide de sens le reste de l'année pour la dévorer ainsi en juillet ? Et qu'aurait-elle en rentrant si elle ne pouvait accomplir son devoir de bonheur ici même ? *Rien. Je n'aurai rien.* La couture l'occupait. C'était tout ce qu'elle avait pour ne pas penser au trou béant de l'avenir, ni au gouffre du passé. La couture ne servait à rien d'autre qu'à se détourner de l'idée d'une vie inutile. Un divertissement pour ne pas voir que rien n'avait de sens, ou ne le voir que d'un œil, lorsque son regard s'aventurait hors de son ouvrage. Depuis des années, Denise brodait pour ne pas voir à quel point chaque chose, chaque objet, chaque être était vain, qu'un jour il allait s'éteindre et qu'on l'oublierait. Elle entremêlait les fils pour ne pas avoir à admettre que la chose était insupportable. Il fallait broder pour ne pas voir. Elle plantait des aiguilles sur des pages qui ne devaient pas rester blanches. Elle créait, ainsi, des illusions permanentes avec des fils colorés.

Ses créations n'étaient pas plus utiles que sa présence ici. Que leur présence à tous.

Les adultes étaient vautrés dans le sable, pétrifiés dans leur médiocrité, attaqués par les rayons brûlants du soleil. Denise plissa les yeux et se recroquevilla plus à l'ombre. Ceux qui dormaient au soleil ne sentaient pas leur peau brûler. Les parties exposées de leurs corps, dos, ventre, genoux, grillaient en silence. A quelques mètres d'elle, de la fumée s'élevait d'un homme allongé sur le ventre. Son dos rougi crépitait. Lentement, des couches de peau craquelèrent comme la terre sous la sécheresse, s'écartèrent en fissures qui se rétractèrent partout sur son corps. Ses voisins ensommeillés eux aussi carbonisaient placidement. Peu à peu les corps allongés devinrent charbonneux dans l'indifférence générale. Les enfants couraient de plus en plus vite, de plus en plus haut. Leurs jambes s'allongeaient en grotesque échasses de chair, des cous de girafe élastique qui s'élevaient. Et ils riaient, criaient, bouche grande ouverte, béantes, s'esclaffant à grandes dents pointues. Ils partirent à travers les vagues en troupeau pendant que leurs grands frères et leurs grandes sœurs érigeaient dans le sable des statues monstrueuses. Les adolescents aux regards vides façonnaient des monstres avec des gestes alanguis. Plus loin, les enfants étaient presque hors de vue entre les vagues. Ils coulaient en rang, l'un après l'autre. Et au bord de l'eau, les adultes assis dans l'ombre d'un nuage noir contemplaient, un mince sourire et la bave au coin des lèvres leurs enfants se noyer dans la mer. Puis ce fut leur tour, l'un après l'autre, d'être absorbés par le sable. Denise tourna la tête. Bertrand fondait. Tout son corps s'étalait au tour de sa serviette en une flaque couleur chair. Liquéfié, il se répandait.

Elle poussa un bref cri aigu avant d'avoir le souffle coupé par le spectacle sordide de la plage où tout se décomposait, fondait, brûlait et se noyait. Elle faisait elle-même partie du décor. Elle aussi allait être avalée par la folie ambiante si elle restait ici, si elle décidait de faire partie de cet ensemble, si elle souhaitait se fondre au milieu des autres elle fondrait aussi. Elle ne voulait pas. Rester ici c'était la mort ou la folie. Réduites à l'état de squelettes desséchés par le sel, les os englués de vase et d'algues, deux femmes poursuivaient leurs conversations de bon cœur.

« Non ! ». La syllabe de protestation était sortie, aussi mate que les pas d'un félin. Denise bondit, s'engouffra dans la cabine et claqua la porte.

***

Les deux femmes interrompirent leur conversation. L'une d'elle se tourna en direction de la cabane d'à côté. Elle avait cru entendre un cri et une porte claquer. La plus jeune haussa les épaules et ramena ses cheveux asséchés par l'eau salée en queue de cheval. Elle jeta un œil à Bertrand. Il y avait quelqu'un à côté lui quelques instants plus tôt. Une jeune femme un peu pâle qui avait l'air de s'ennuyer. Ce devait être sa femme, et elle était manifestement rentrée dans leur cabane en fermant la porte un peu brutalement. Une dispute peut-être, ou une envie très soudaine de changer de maillot de bain. Ces déductions faites, elle sortit une bouteille de limonade de sa glacière tandis que son amie interpellait ses enfants fraichement sortis de l'eau pour qu'ils viennent prendre leur goûter.

***

Denise savait que la porte était bien là, qu'elle n'avait rien inventé. Elle la passa avec un soulagement infini et referma derrière elle. Aussitôt, elle sentit la fraicheur refroidir sa peau brûlante.

Lentement, elle cessa de suffoquer. Les roseaux caressaient le bord du sable dans un murmure. Les minces vagues ne charriaient rien d'autre que de l'eau claire. Le silence n'avait pour seul écho que le bruit de la mer calme.

Elle savait que dans quelques instants la cabane s'effacerait. Qu'elle resterait captive ici pour l'éternité. Elle poussa un soupir, se tourna vers la mer et commença à marcher, aspirée vers le vide infini.

**VIRUS**


MARDI

A cette heure de l'après-midi régnait dans la cour du lycée un silence de cimetière. Le spectacle désolé des feuilles orangées qui parsemaient le carré de béton, qui se soulevaient au souffle de l'automne avait quelque chose d'occulte. Les vieux chênes se laissaient lentement dépouiller par le vent. Les arcades croisées le long des bâtiments, les hauts murs de briques centenaires semblaient s'être endormis. N'importe qui aurait pénétré les lieux à ce moment précis aurait eu la conviction de devoir traverser la cour sur la pointe des pieds.

Cependant, la chose qui passa à ce moment-là n'eut pas besoin de fouler le sol. Elle frôla le tapis de feuilles rousses dont quelque unes s'écartèrent à son passage. Elle glissa en un souffle dans le hall à dalles de pierres et s'engagea dans les larges escaliers de bois fatigué. Elle épousa la rampe circulaire et longea les couloirs sans faire craquer les parquets. Elle se faufila le long des vieilles fenêtres et vint ramper sur chaque étage, errant de palier en corridor, visitant les recoins les plus sombres et les salles abandonnées.

Elle passa de salle en salle pour regarder les enfants.

***

Une voix sèche résonna au quatrième étage. Olympe sursauta et interrompit immédiatement son dessin. Elle se retint de jeter le crayon de papier à l'autre bout de la pièce.

« Mademoiselle Granger ! Le cours ne vous intéresse pas !? »

Olympe ne pouvait pas se permettre le luxe d'être honnête. Elle resta muette, tandis qu'une vingtaine de paires d'yeux se retournèrent vers la jeune fille, se délectant du plus grand moment de suspense de cette morose après-midi. La professeure rajusta ses lunettes et fixa l'adolescente avec ses yeux minuscules. Elle était raide dans son tailleur comme un couteau dans son étui. Olympe l'avait secrètement rebaptisée *la momie*, tant la ménopause avait desséché sa professeure.

« Vous savez, ce n'est pas parce que vous êtes première en littérature que cela vous autorise à être dernière en mathématiques. Ce n'est pas non plus parce que vous avez choisi la filiale littéraire que les chiffres disparaissent par magie. Je vous rappelle quand même que votre examen blanc était désastreux, et que vous passez le bac de mathématiques en juin. En attendant, votre moyenne en maths et en physique n'a pas franchi le deux sur vingt depuis la rentrée ! Vous pourriez essayez d'arranger les choses, mais non, mademoiselle Granger dessine ! J'aime autant vous prévenir, il va falloir vous réveiller jeune fille. Sinon ça va être la porte. C'est bien clair ?

- Oui, Madame ».

Olympe savoura le silence tendu qui s'en suivit. Elle avait compris très vite que la politesse était la plus grande des insolences. En acquiesçant simplement au torrent verbal hargneux de la momie, celui-ci se trouvait tari comme on ferme un robinet. C'était la meilleure manière de signifier à tout membre du corps enseignant un « ta gueule » en bonne et due forme.

Olympe savait tirer les ficelles en feignant l'innocence ou la bêtise. Ses rapports avec les enseignants étaient binaires. Pour chacune des matières, il fallait qu'elle fût la meilleure ou la plus mauvaise et était tour à tour adorée ou détestée. Mais dès lors qu'elle excellait quelque part comme c'était le cas en littérature, ses professeurs déploraient quand même sa désinvolture. Olympe était ainsi. Elle savait, ou elle ne savait pas, mais quoi qu'il arrive, elle ne travaillait pas. Et si son aisance en agaçait plus d'un, ses échecs aussi. Quant aux lèches-bottes des premiers rangs, ils ne supportaient pas qu'elle puisse avoir de meilleures notes qu'eux dans ses matières fortes sans ne se donner aucun mal.

L'enseignante eut un petit soupir aride. Elle tira sur sa jupe d'un geste sec et revint aux équations exposées sur le tableau noir en mère maquerelle des chiffres, pensant les rendre aussi alléchantes que dans une vitrine d'Amsterdam. Olympe rassembla ses longs cheveux châtains en boule au sommet de son crâne et y planta son crayon. N'ayant plus d'armes pour dessiner, elle croisa les bras et fit semblant de suivre le cours jusqu'à la fin.

\*\*\*

Un étage au-dessus, dans la salle 8, d'autres élèves suaient sur leur devoir. Le surveillant lisait *Les Mémoires d'Outre-Tombe*, bercé par les stylos griffant les copies de physique. Il avait dû s'acclimater au mieux à l'odeur puisque les classes de terminale scientifique, sur une judicieuse idée de l'administration, avaient deux heures d'éducation physique et sportive avant leur contrôle du mardi. Et les vestiaires dans lesquels ils se rhabillaient n'étaient pas équipés de douches. Ce détail avait sans doute eu une importance toute relative pour le directeur adjoint lorsqu'il avait établi les emplois du temps.

Une salle remplie d'une cinquantaine d'adolescents ayant abondamment transpiré, à un âge auquel les hormones commencent à jouer de mauvais tours, et où le déodorant n'est pas encore un réflexe, n'était pas l'endroit où l'on aurait spontanément eu l'envie de se trouver.

Le surveillant avait de temps en temps un reniflement gêné qui s'accompagnait d'une brutale envie de s'enfuir. Il s'était cependant contenté d'entrouvrir une fenêtre car il s'agissait d'un boulot d'étudiant le temps de finir son droit. Il logeait dans une chambre de bonne dans le sixième arrondissement dont le loyer ne lui aurait pas permis de démissionner à cause d'une gêne olfactive.

*Vivement que je sois avocat*, pensa-t-il en inspirant par la bouche.

Il avait de la chance ce jour-là, malgré tout. Car les élèves scientifiques étaient remarquablement disciplinés. Il n'avait pas à les rappeler à l'ordre en permanence. Les autres filiales étaient plus dissipées, et il devait les calmer en enchaînant les menaces et les sanctions. Mais ceux-ci étaient consciencieux, se faisaient justice eux-mêmes si un camarade trop bruyant les empêchait de se concentrer. Ils étaient conscients qu'ils jouaient leur avenir, que les sciences exactes pouvaient les mener loin à condition de dépasser les autres, de leur donner un accès facilité aux meilleures études. Aucun ne plaisantait avec cela.

C'était le cas d'Amaury, courbé sur sa feuille de brouillon, enfonçant une incisive dans le bois de son crayon noir. Il était déjà doté d'une moyenne générale qui frôlait le dix-huit, mais cela ne le satisfaisait pas encore. Et il attendait beaucoup de la note de ce contrôle.

Un calcul mental particulièrement ardu lui fit lever la tête. Il réfléchit jusqu'à la transe sur ses formules, ses yeux verts fixes ne regardaient nulle part, louchant presque. Il était le seul à avoir levé la tête à ce moment-là. Le seul qui aurait pu voir la chose qui pénétra la pièce en cet instant. Si elle avait eu une forme.

La solution de son calcul fit une irruption fulgurante dans son esprit. Il se replongea aussitôt dans ses feuillets.

Le surveillant croisa de nouveau les jambes et tourna une page.

\*\*\*

Trois étages plus bas, le professeur d'économie interrompit son exposé.
« Marie, vous voulez bien allez me jeter ce chewing-gum s'il vous plaît ? »
Sa voisine de pupitre pouffa de rire.
« Et vous aussi d'ailleurs ».
Les deux camarades obéirent et traversèrent la pièce en direction de la corbeille près de l'estrade. Marie tira sur la pâte qui avait collé à son appareil dentaire et s'en débarrassa d'un geste sec. Quelques ricanements résonnèrent dans la salle.
« Manifestement ça vous fait rire, c'est bien, vous vous contentez de peu. Un peu comme pour vos notes, finalement », lâcha le professeur d'une voix exaspérée.

Marie retraversa la salle pour retourner s'asseoir, très contrariée d'avoir été prise en faute et d'avoir pris une réflexion en public. Elle s'était arrangée dès la rentrée pour essayer de se faire bien voir de ce professeur mais avec ce mauvais pas, elle sentait qu'elle venait de perdre en l'espace d'une seconde tous les points de sympathie qu'elle avait gagnée en cumulant les excès de zèle.

Elle passa le reste de l'après-midi à noter frénétiquement le cours à s'en faire mal au poignet, triturant nerveusement ses longues boucles blondes de sa main libre.

\*\*\*

La sonnerie de dix-sept heures trente retentit. Quelques secondes plus tard, les salles de classe s'ouvrirent dans le fracas le plus absolu, et l'ensemble du bâtiment se mit à vomir une abondance d'élèves et de professeurs. Elle les dégueulait par les couloirs, les escaliers, les reflua dans jusqu'en dehors du préau. Les miasmes éjectés par la sonnerie traversèrent la cour à grand bruit, parlant fort, allumant des cigarettes en écrasant les feuilles mortes, et se dispersèrent une fois le portail franchi.

Marie partit sur la gauche avec ses deux meilleures amies. Amaury traversa en face après avoir tapé dans la main de ses copains. Olympe embrassa les deux camarades qui se trouvaient au plus près d'elle sur son chemin, leur dit à demain et disparut par la droite. Elle pressa le pas en espérant que personne ne suivait, et que personne n'aurait pris d'avance sur elle. Elle préférait faire le trajet seule en métro et redoutait toujours de devoir se forcer à meubler la conversation avec quelqu'un qui prendrait le même chemin.

Arrivée sur le quai, elle s'empressa de se poster tout au bout. Par chance, la rame arriva aussitôt. Elle s'y glissa, se dépêcha d'investir un siège vacant et sortit son discman au moment où les portes se refermaient. Voilà pourquoi elle se dépêchait tous les soirs et arrivait juste à l'heure le matin. Elle préférait écouter de la musique que d'autres parler.

Olympe installa les écouteurs sur son crâne en jetant un œil de dédain à une femme qui la regardait mal et appuya sur le bouton qui fit chanter Fiona Apple rien que pour elle. Elle croisa et jambes, s'adossa au siège et se laissa bercer par le bourdonnement de la rame au fil des stations.

Deux arrêts avant la station Exelmans, elle replongea la main dans son sac pour rejouer le dernier morceau. Ses doigts s'emmêlèrent dans le fil des écouteurs et heurtèrent le coin de quelque chose de rigide au milieu de ses affaires. Cela avait la taille et l'aspect d'une carte postale. Intriguée, elle tira sur le papier et le leva à hauteur de ses yeux.

*Qu'est-ce que ça fout là ?*

Sur toute la surface du rectangle de papier était représentée une forme qui ressemblait à un cœur. Les proportions n'étaient pas précises, cela pouvait tout aussi bien être un cœur qu'une prune fanée, et la teinte elle-même n'était pas la plus académique pour colorer cette représentation mièvre de l'organe vital. Les tons allaient du bordeaux au violacé et l'ensemble de la forme se dressait sur un fond noir.

Peut-être que quelqu'un avait glissé cela dans son sac avec un mot au dos. Elle retourna la carte. Le verso était vierge, totalement blanc, il n'y avait ni lignes, ni coordonnées d'imprimeur ni code barre. Rien.

*Bizarre...*

Cela avait dû atterrir au milieu d'un manuel de cours, ou tomber dans son sac par hasard. Olympe haussa les épaules et relâcha la carte dans son sac. Puis elle bondit de son siège et s'éjecta du wagon avant la fermeture des portes. Avec cette histoire elle avait bien failli manquer son arrêt.

\*\*\*

Amaury remontait le Boulevard de Courcelles. Le poids de son sac à dos et son épaisseur injuriait sa longue silhouette mince et agile, lestait sa démarche d'une disgrâce pesante. De semaine en semaine, il avait la sensation que son sac était de plus en plus lourd. Par endroits, les coutures de l'Eatspack bleu marine avaient même fini par céder sous la pression des manuels cartonnés, et il lui faudrait bientôt en changer.

Ce fut avec soulagement qu'il tapa enfin le code de son immeuble.

Amaury claqua la porte blindée derrière lui et entendit le même râle qu'à chaque fois qu'il rentrait des cours.

« Amaury ! Moins fort la porte ! »

Marietta apparut dans l'entrée. Amaury la salua en envoyant valser ses baskets sur le tapis.

« Et tes chaussures tu les ramasses !
- Ouais ouais ».

Il bailla et se débarrassa de son sac tandis que Marietta récupérait sa veste et son cabas sur le portemanteau.

« J'ai eu ton père au téléphone, il rentre de Lyon seulement mardi. Du coup je viendrai samedi et dimanche vous faire à manger. Si tu as du linge, tu le mets dans le panier ce soir sans faute. PAS PAR TERRE. Pour le dîner, vous avez un gratin de macaroni. Tu le fais réchauffer, bien sûr. Ah et tu vérifies que ta sœur ne passe pas la soirée au téléphone avec ses copines, ton père a reçu une facture astronomique le mois dernier. En plus de ça elle a des devoirs à faire et elle ferait mieux de s'y coller. J'ai signé son bulletin de notes aujourd'hui, c'est vraiment pas terrible. Allez je file, fais-moi un bisou. »

Amaury s'exécuta. Depuis quelques temps maintenant, c'était à lui de se baisser pour embrasser la petite femme qui commençait à se tasser avec l'âge. L'enfant de sept ans qu'elle avait dû apprivoiser en avait désormais dix de plus. Il était devenu un grand garçon, dilué dans son adolescence comme dans un pull trop grand. Et sa sœur Pauline dont elle avait changé les couches arrivait maintenant à la même taille qu'elle.

Leur mère avait abandonné le foyer quelques mois seulement après la naissance de Pauline pour vivre avec son premier amour qui s'était établi à Hong Kong. Elle n'était revenue en France que pour signer les papiers du divorce et n'avait rien réclamé. Ni argent ni enfant.

Après un défilé hasardeux de jeunes filles au pair et de gouvernantes diplômées, Marietta avait fini par être embauchée et ne les avait plus jamais quittés. Leur père lui avait rapidement voué une confiance absolue, lui permettant de travailler sans regarder l'heure ni le jour. Les mois non plus. Et depuis qu'il avait monté un second cabinet d'avocats à Lyon, il ne semblait plus apparaître que par épisodes.

Amaury se laissa tomber sur le canapé à côté de Pauline. Ils se disputèrent mollement la télécommande quelques secondes avant qu'il ne cède à sa sœur et l'abandonne devant *Sauvés par le gong* pour aller prendre un bain.

\*\*\*

Marie embrassa ses copines avec qui elle faisait le trajet tous les jours et termina seule son chemin en descendant la rue de la Faisanderie. Elle détestait novembre, l'hiver qui approchait, la nuit tombée trop tôt et les matins embrumés.

Elle pénétra dans l'immeuble en soupirant, traversa la cour et entra dans l'ascenseur étroit tapissé de rouge. Sans qu'elle ne sut pourquoi, au beau milieu de son ascension vers le quatrième étage, elle ressentit un frisson glacial lui traverser le dos. Elle en fut stupéfaite quelques secondes. Jusqu'à ce que toute son attention se trouve déviée vers son reflet dans le miroir de l'ascenseur, l'informant qu'elle avait définitivement perdu les restes de son bronzage des vacances et qu'elle avait les lèvres gercées.

Ses parents n'étaient pas encore rentrés du travail. Elle s'empressa d'allumer la télévision et s'enfonça dans les coussins du canapé, soulagée qu'*Hartley cœurs à vif* n'ait pas encore commencé.

\*\*\*

Accoudée à sa table de travail, Olympe rédigeait sa dissertation d'anglais, en déployant le moins de zèle possible. Lorsqu'il s'agissait des devoirs, le strict minimum était sa religion.

Juste au-dessus de sa tête, Britney Spears et Marie-Antoinette la couvaient d'un regard bienveillant. Sa chambre au papier peint rayé de blanc et de rose était une galerie de portrait de ses idoles. Lady Diana, Aerosmith, Alanis Morissette, Coco Chanel et quelques autres apparaissaient en toutes tailles et sur différents supports, de la carte postale au poster. Le seul mur épargné par la fièvre des icônes était occupé par la bibliothèque Louis XV que lui avaient léguée ses grands-parents. Ses étagères croulaient sous les romans, et la plus basse était réservée à sa collection de CD et de cassettes vidéo.

Lorsqu'Olympe glissa le devoir terminé dans son sac, elle se souvint de l'image qu'elle y avait trouvée plus tôt. Elle l'examina attentivement. Bien que la forme représentée fût approximative, le jeu de couleurs sombres lui plaisait. Sans réfléchir, elle arracha le post-it qui lui servait de marque-page dans les *Récits Fantastiques* de Théophile Gauthier et y glissa l'image du cœur à la place.

Elle sursauta quand sa mère entra dans sa chambre pour lui annoncer que le dîner était prêt. Elle ne l'avait pas entendue entrer.

\*\*\*

Amaury sortit de la salle de bains dans un nuage de buée, sa peau pâle rougie par l'eau trop chaude. Il partit s'aérer dans sa chambre, serviette sur la taille, puis se baissa pour ramasser ses affaires sales. Marietta allait s'énerver s'il ne le mettait pas dans le panier. Elle commençait à montrer des signes de fatigue de plus en plus fréquents et Amaury évitait de la contrarier. Ce n'était pas le cas de sa petite sœur qui n'avait aucun scrupule à laisser ses affaires trainer partout dans l'appartement. Livres, chaussettes, élastiques et autres accessoires échouaient jusqu'aux endroits les plus improbables de l'appartement. Mis à part son goût pour le bazar, Pauline ne respectait pas grand-chose.

Amaury fouilla les poches de son survêtement sale. Entre les morceaux de Kleenex et emballages de Malabars, sa main extirpa une chose qu'il ne lui semblait pas avoir vu avant. Un objet circulaire qui ressemblait à un jeton. Il se souvint de l'époque où il jouait aux Pogs, et cette chose avait à peu près la même circonférence, peut-être un peu moins dense, pas plus épaisse qu'une pièce de cinq Francs. Sauf qu'en lieu et place des portraits de footballeurs ou des personnages de Dragon Ball qu'il avait collectionnés quelques années plus tôt, celui-ci représentait un genre de cœur déformé, violet ou rouge, presque noir.

« C'est quoi ce machin ? » murmura-t-il.

Il n'avait aucun souvenir de cet objet, ni aucune idée de comment il avait pu atterrir dans la poche de son pantalon de sport. Peut-être était-ce un coup de poker de Judith, son dernier flirt avec qui il avait rompu à la rentrée et qui avait cours de sport avec lui ? Mais à quel moment l'aurait-elle glissé dans sa poche vu que les filles se changeaient dans un autre vestiaire ? Ils ne s'étaient qu'à peine dit bonjour ce jour-là, elle ne l'avait pas approché, et encore moins introduit un objet dans ses vêtements tandis qu'il les portait.

« Qu'est-ce que t'as dans la main ? »

Amaury fit un bond de surprise et faillit en perdre sa serviette. Si la malice avait eu un visage, il aurait été celui de sa petite sœur à ce moment précis où elle se délectait de lui avoir fait peur. Son espièglerie ne connaissait aucune limite, Amaury le savait. Il ne fallait surtout pas qu'elle sache qu'il tenait un objet qui représentait un cœur quelconque dans les mains s'il souhaitait éviter une nouvelle hémorragie de moqueries qui pourrait durer des mois.

« Rien t'occupe. Des mouchoirs sales.
- Beurk !
- T'as fait des devoirs ?
- Oui oui.
- C'est ce qu'on va voir. Je m'habille et je vérifie ton agenda. File ! »

Pauline obtempéra. Amaury attendit que ses pas se soient suffisamment éloignés sur la moquette avant de rejoindre discrètement la cuisine et de jeter le cœur à la poubelle.

*Affaire réglée.*

\*\*\*

« Tu as passé une bonne journée ma chérie ? Tiens, reprends des carottes.
- Non merci. Oui pas mal, répondit Marie.
- Tu as fait tes devoirs ? demanda son père.
- Hubert ! »

La mère de Marie appliqua un léger coup de coude à son époux.

« Ne la brusque pas comme ça voyons.
- Oui pardon » fit-il en s'essuyant la bouche.

Hubert ne tenta pas de reformuler sa question. Non parce que sa femme avait raison mais qu'il préférait avoir la paix. Elle était psychologue et sa déformation professionnelle la suivait jusque dans son quotidien et s'abattait sur sa famille. Les questions directes qui pouvaient passer pour brutales étaient proscrites, il n'y avait pas à argumenter. Lui était dentiste, et cela lui passait au-dessus de la tête de passer de la pommade à quiconque avant de poser une question pratique. Mais sa femme tenait à ce que les discussions soient toujours harmonieuses, sinon elle s'énervait. Et Hubert était un grand amateur de calme.

Une demi-heure après avoir quitté la salle à manger et que le séjour se fut transformé comme tous les soirs en concert de musique classique grâce à son père et sa nouvelle stéréo, Marie faisait ses devoirs, walkman sur les oreilles pour ne pas entendre les hérésies que représentent les symphonies lorsqu'on a seize ans.

Elle acheva de remplir une copie double de dissertation et fouilla dans son sac à la recherche de nouveaux feuillets. Un petit papier, souple et léger, s'échappa du paquet de feuilles vierges à grands carreaux. Elle se baissa pour le ramasser et loucha dessus. Elle plia entre ses doigts la surface glacée et brillante. Puis celle-ci reprit sa forme initiale. Il s'agissait d'un autocollant représentant un cœur irrégulier d'une dizaine de centimètres.

Avant de se poser les milles questions qui allaient suivre une fois son devoir d'anglais terminé, elle décolla le cœur de son support adhésif et l'appliqua avec le plus grand soin dans une page de son agenda. Après cela seulement elle aurait tout le loisir de se demander de quelle manière il avait atterri dans ses copies, qui l'y avait glissé, et d'imaginer, bien que les chances soient faibles, que c'était Amaury, le beau garçon de Terminale, qui aurait été l'auteur de cette déclaration muette.

MERCREDI

La professeure d'anglais terminait de récupérer les devoirs posés sur les rebords des pupitres dans un concert de bavardages. Olympe, tête dans les bras, cheveux étalés sur son cahier, tentait tant bien que mal de s'octroyer une grasse matinée en pointillés. Son voisin de table s'amusa à lui enfoncer le bouchon de son effaceur entre les côtes. Elle redressa en sursaut et ne put s'empêcher de rire de sa frayeur.
« T'es vraiment bête.
- Non je te file un coup de main, tu allais t'endormir. Je t'évite de te faire engueuler.
- Pas la peine. La prof d'anglais m'aime bien. Elle ne me crie jamais dessus quand je m'endors. C'est juste valable pour les autres.
- Chuuut Olympe s'il vous plaît, taisez-vous, fit une voix placide au fond de la salle.
- Tu vois ! » chuchota Olympe à son voisin.

Il lui adressa un clin d'œil.

« Bon, je vais vous rendre les devoir de la semaine dernière. C'est loin d'être brillant. Les premières ES ont fait des progrès, mais les littéraires se reposent un peu trop sur leurs acquis. Olympe, c'est très bien. »

L'adolescente récupéra sa feuille et la garda à hauteur de ses yeux pour lire les observations. Deux rangées derrière elle, Marie reçut sa copie et se tourna vers sa voisine te table.

« Je suis dégoutée, t'as eu combien ?
- Douze. Et toi ?
- Onze et demi. »

Le garçon assis devant s'en mêla en se retournant.

« Moi dix.
- On t'a pas sonné toi.
- Et Olympe a eu dix-sept, ajouta-t-il. »

Marie plissa les yeux et tenta de déchiffrer la note sur la copie de la jeune fille.

« Pff... souffla-t-elle.
- Oui, fit le garçon. C'est du favoritisme, c'est pas possible autrement. Moi j'ai fait deux copies, et toi ?
- Trois copies doubles.
- Incroyable ... Olympe a juste écrit une demi-page, c'est pas juste. »

Cette dernière, bien que peu loquace mais irritée d'entendre son prénom chuchoté derrière elle se tourna vers le garçon sur une impulsion. Elle avait voulu répliquer le plus bas possible mais son agacement la fit parler plus fort qu'elle ne l'avait voulu.

« Tu sais, les copies, c'est pas noté au poids.
- Olympe ! protesta l'enseignante. Vous vous taisez maintenant oui !? »

En prononçant cet ordre, sa voix avait légèrement déraillé sur la fin, et elle s'était pincé les lèvres pour étouffer un rire minuscule. Puis elle se reprit et commença son cours.

Marie prit ses notes en fulminant. Elle détestait Olympe. Elles avaient été dans la même classe en seconde l'année précédente, et sans réellement pouvoir en définir la raison exacte, cette fille lui tapait sur les nerfs. Elle ne comprenait pas comment les profs pouvaient autant l'apprécier malgré son attitude insolente, ni comment elle parvenait à être la meilleure dans certaines matières sans même faire semblant de travailler. Elle ne comprenait pas non plus pourquoi tout le monde semblait apprécier Olympe alors qu'elle n'appartenait à aucun groupe, n'avait accepté de se rallier à aucune bande. Olympe semblait s'affranchir de toutes les normes sans que cela ne suscite de mépris en dehors du sien, de quelques élèves très assidus et autres professeurs de sciences. Marie avait toujours été une élève studieuse, toujours tout accompli dans la rigueur. Un parcours sans faute. Main levée bien haut pour répondre aux questions, participation assidue, placements libres au premiers rangs, rires polis aux plaisanteries ringardes des professeurs, mandats successifs de déléguée de classe, carnets de notes réguliers et tableaux d'honneur, amitiés solidement entretenues... Et tout cela pour qu'une fille comme Olympe attire la grâce sans lever le petit doigt. C'était insupportable.

Lasse, découragée, Marie s'autorisa à ne plus suivre les dernières minutes d'anglais, laissant ses pensées l'emporter ailleurs. Elle ouvrit son agenda, tourna les pages jusqu'à celle où elle avait appliqué l'autocollant trouvé la veille. Elle contempla rêveusement le cœur. Elle pensa à Amaury, se demanda si elle oserait l'aborder un jour. Il fallait qu'elle se décide avant la fin de l'année car il était en terminale, ce serait trop tard ensuite. Elle s'assoupissait au ton de plus en plus lent de l'élève qui lisait à voix haute en anglais en détachant des syllabes soporifiques. *John ... is ...* ses paupières s'alourdirent devant l'autocollant ... *a way ...* elle s'engourdissait ... *his family ...* et le cœur eut une pulsation ... *the surburbs ...* Il se gonfla, se souleva en un fin relief du plat de la page ... *every morning ...* il se figea à nouveau dans son papier glacé ... *in the subway ...* Marie cligna rapidement des yeux, plusieurs fois... *the college ...* son propre cœur se mit à battre à un rythme sourd ... *wearing uniforms ...* avait-elle rêvé ? *american student ...* le cœur avait enflé, elle l'aurait juré ... *for thanksgiving ...* elle se frotta les yeux à s'en faire mal ... *hollydays ...* cela la réveilla ... *to the sea ...*

La sonnerie hurla à tous les étages. Marie se raidit, le chahut des élèves se levant autour d'elle acheva de l'extraire de sa torpeur. Ramenée à la réalité par un chaos rassurant, elle claqua son agenda et le jeta dans son cabas.

Elle avait dû s'assoupir.

\*\*\*

L'élève qui avait été appelé au tableau commença sa démonstration sous l'œil attentif du professeur de maths. Peu sûr de lui, l'adolescent, tour à tour et sans transition aucune, transpirait, rougissait et devenait d'une pâleur mortelle la seconde suivante. L'enseignant, ennuyé de le voir peiner autant, tentait de le mettre à l'aise et sur la bonne voie sur cet exercice particulièrement complexe, lui soufflant presque les bonnes réponses.

On entendait leurs voix étouffées par le silence de la concentration, et quelques respirations à peine. La craie crissait des notes aiguës sur le tableau noir. Il faisait déjà nuit, à ce que l'on pouvait voir au travers de l'épais verre fumé des fenêtres. L'horloge semblait ralentie.

Amaury se redressa sur sa chaise en bois. Il comprit enfin la démonstration exposée au tableau et par cela qu'il s'était trompé dans ses notes. Il chercha fiévreusement la page du cahier où il avait copié le cours et fouilla à l'aveugle dans sa trousse pour attraper son correcteur blanc. Il interrompit son mouvement, quitta son cahier des yeux et ramena sa trousse devant lui. Il regarda à l'intérieur.

Au milieu de la toile tâchée d'encre bleue, se trouvaient des stylos à billes de toutes les couleurs, deux crayons à papier, un criterium en fin de mine, deux gommes, un stylo à plume, et, entre deux cartouches d'encre bleue, le jeton dont il s'était débarrassé la veille.

L'urgence était de corriger ses notes. Il choisit un instant d'ignorer l'objet et saisit son correcteur qui était déjà sur la table. *Je deviens fou ce n'est pas possible ...* Alors qu'il se dépêchait se rectifier ses erreurs sur quelque chose d'aussi logique et démontrable que les mathématiques, des pensées parasites le perturbaient. Il tenta de les canaliser en quelque chose de cohérent. C'est du stress. Ce n'est que du stress. Les cours, les devoirs, le bac. Depuis quelques temps, il ne faisait que travailler. Ce devait être cela. Il avait décliné tous les matchs de foot qu'on lui avait proposés ces derniers week-ends pour s'enfermer avec ses manuels dans sa chambre. Il avait refusé à sa sœur tous les films qu'elle avait voulu regarder avec lui le soir. Il avait cru que le surmenage n'arrivait qu'aux adultes comme son père.

Il avait besoin de se défouler, c'était cela qui clochait.

\*\*\*

Marie descendait l'avenue Victor Hugo, pensive, elle répondait à peine à Léa qui parlait sans discontinuer depuis qu'elles avaient commencé à marcher.

« Tu l'as eu toi aussi, le cœur ?
- Quel cœur ? Comment ça ?
- Ahah qu'est-ce que tu as aujourd'hui ? Le cœur ! T'as pas entendu à l'inter-cours ? »

Son amie leva les yeux au ciel, ramena son sac à dos sur son flanc pour ouvrir la petite poche. Elle en sortit un papier qu'elle déplia et l'agita sous les yeux de Marie. La jeune fille cessa de marcher. Elle fixa cette forme qu'elle connaissait bien.

« Où tu as eu ça ?

- Je l'ai trouvé hier dans mon livre d'histoire. Julie, Tiffany et Matthias aussi ont retrouvé le même dessin dans leurs affaires, mais pas forcément sur une feuille comme ça. Moi j'ai eu, ça, mais Matthias, c'était un marque-page, Julie, c'était sur un truc comme une carte de vœux, je crois. Et Olympe lisait un livre tout à l'heure, elle avait aussi l'image dedans.
- Et moi, j'ai eu un autocollant » souffla Marie, déçue.

Envolés, les rêves d'admirateurs secrets, les spéculations à n'en plus finir.

« Pas mal ahah ! s'amusa Léa. Moi hier soir je me disais mais qu'est-ce que c'est que ce truc ! En fait c'est juste une grande blague que quelqu'un s'est amusé à faire ! Tu sais un peu comme le mec qui colle sa photo partout ou celui qui fait tellement toujours le même dessin qu'il devient connu ?
- Oui, surement.
- Peut-être que c'est Olympe ? Elle est super forte en peinture. Tu te rappelles l'année dernière en arts plastiques ? En plus elle a dit qu'elle voulait peut-être faire une école d'art après le bac. Si ça se trouve c'est elle.
- Si ça se trouve oui... »

Marie imposa un silence rageur sur tout le reste du trajet.

\*\*\*

Amaury termina son dernier exercice de biologie et se frotta les yeux. Puis il prit son vieux répertoire corné qui contenait tant de copains d'enfance oubliés et chercha le numéro de téléphone de chez Judith. Il décrocha le combiné, hésita longuement, avec la tonalité qui s'éternisait dans son oreille. Il finit par raccrocher. Et quelques secondes plus tard, il se décida à composer le numéro. Une voix de femme répondit à la seconde sonnerie. Amaury s'éclaircit la gorge.

« Bonjour Madame, c'est Amaury ... Est-ce que je pourrais parler à Judith s'il vous plaît ?
- Oh bonjour Amaury ! Comment vas-tu ? fit-elle d'une voix joyeuse.
- Euh ... bien, merci ...
- Bon, je vais te chercher Judith, ne quitte pas ! ... JUDIIIIIIIIIIITH ?!! »

Amaury était si rouge qu'il craignait que cela ne se voie à l'autre bout du combiné. Il entendit des pas arriver, une démarche rapide en chaussettes sur du parquet.

« Allô ?
- Salut ... C'est Amaury.
- Je sais. Ça va ?
- Euh ... ouais ... Je voulais te poser une question.
- Je t'écoute.
- C'est pas toi qui a mis un ... comment dire ... un truc dans ma poche, tu sais un truc de fille là... un genre de cœur, tout ça ?... »

Amaury aurait voulu mourir de honte de poser une question pareille mais c'était trop tard, c'était fait, et dans l'appareil retentit un grand éclat de rire. Il se cacha la tête dans une main.

« Ahahahahahah non ! Pas du tout ! Mais je vois de quoi tu parles. J'ai retrouvé le même genre de truc dans mon manteau, la plupart de mes copines aussi. »

Le rire de Judith ne parvint pas à détendre Amaury. Il n'y comprenait rien.

« Mais comment ça ? Ça sort d'où ?
- Aucune idée, ça peut aussi bien être une blague qu'une opération, ce genre de truc.
- Une opération ?
- Oui je sais pas comment on dit, un truc de marketing je sais pas quoi. Le père de Laura travaille dans la publicité, il connait ce style de conneries, c'est un genre de campagne, mais genre subliminale, tu vois ?
- Euh ... non.
- L'an dernier par exemple j'ai acheté un jean. Dans la poche j'ai trouvé un petit mot, genre *I love you* écrit avec un bic. J'ai raconté ça à une copine, et figure toi qu'elle avait acheté un jean de la même marque et pareil ! Le même mot était dans sa poche. Après on a posé la question à chaque fille qu'on voyait avec un jean de la même marque, une fois sur deux elle l'avait eu aussi.
- Mais ça sert à quoi ?
- Ben je sais pas, à rien ... C'est juste pour qu'on en parle, c'est tout je pense.
- C'est nul.
- C'est clair. Et c'est pas sympa pour ceux qui pourraient croire que ça leur était destiné personnellement. Ça donne des faux espoirs et c'est pas cool.

- C'est vrai.
- Tout va bien toi à part ça ?
- Oui oui… Et toi ?
- Super. »

La voix de la jeune fille semblait sincère. C'était presque vexant. D'autant plus vexant qu'elle pensait qu'il avait cru qu'elle avait tenté de lui exprimer un amour totalement imaginaire. Il en avait assez pour ce soir.

« Bon euh … je dois y aller.
- Okay. Prends soin de toi.
- Ça marche. A un de ces quatre, bye. »

Il reposa le combiné sur son socle et resta un instant planté dans le couloir, énervé d'être passé pour un imbécile, brusquement lessivé par ces journées devenues interminables dont il ne voyait presque plus la lumière.

Il donna un bref coup de poing contre le mur et traversa le couloir. Il frappa à la porte de Pauline.

« Quoi ??
- Qu'est-ce que tu fabriques ? dit-il à travers la porte.
- Mes devoirs.
- Menteuse.
- Je te jure ! T'es saoulant !
- T'as fini quand ?
- Là, presque. Pourquoi ? »

Agacée, elle ouvrit la porte en grand.

« Tu veux qu'on regarde un film ensemble après ? Celui que tu veux, tu choisis ? »

Pour toute réponse, Pauline bondit hors de la pièce en bousculant son frère et se précipita vers un placard du couloir. Lorsqu'elle en ouvrit les deux battants, les néons s'allumèrent à l'intérieur, illuminant les étagères remplies de cassettes vidéo.

\*\*\*

Ce fut une soirée calme. Où chacun chez soi entre les murs de pierre de taille se laissait bercer par la rumeur de novembre. Dehors le vent distribuait les cartes, disséminant feuilles mortes et virus.

Pendant ce temps, allongée à même la moquette de sa chambre, Marie griffonnait les feuilles vert pâle de son journal intime. Le dernier numéro de *Jeune&Jolie* et une revue d'équitation traînaient, pages ouvertes à portée de main. La petite chaine stéréo posée sur la table de chevet jouait un album d'Ophélie Winter.

Olympe lisait dans le salon, les pieds croisés sur la table basse, assise entre ses parents qui regardaient Colombo. Elle levait un œil de temps en temps, suivait le cours de l'enquête d'une oreille. Le chat décida de sauter sur un accoudoir et entreprit une traversée du canapé en escaladant chacun des membres de la famille. Avec sa queue, il fit glisser le marque page du livre d'Olympe qui atterrit sur le parquet. L'animal bondit, se hérissa et s'enfuit dans la cuisine comme s'il avait vu le diable. Olympe et sa mère éclatèrent de rire et l'adolescente ramassa l'image pour la remettre dans son livre.

Un arrondissement plus loin, Amaury et Pauline avaient reconstitué leur cabane d'antan en superposant tous les coussins du salon. Marietta aurait hurlé si elle avait vu le désordre, même s'il ne s'agissait que de coussins déplacés et empilés. Calés chacun sur son propre tas de coussins, ils se partagèrent un grand paquet de guimauves en regardant *Maman, j'ai raté l'avion*, sans doute pour la trentième fois de leur courte vie.

### JEUDI

Marie se réveilla fiévreuse. Sa mère vint prendre sa température et rattrapa de justesse son mari avant qu'il ne parte afin de jauger les symptômes dont leur fille se plaignait. Elle avait la tête comme du coton, et des courbatures venaient lui traverser le corps dès qu'elle bougeait trop.

« C'est rien, un petit virus. Reste au chaud aujourd'hui. Tu verras demain si ça va mieux. Je te ferai un mot.
- J'appelle le lycée pour prévenir que tu seras absente aujourd'hui » annonça sa mère.

Quelques minutes plus tard, après une longue liste de recommandations en tous genres, la porte de l'entrée claqua, et Marie se rendormit jusqu'à treize heures.

\*\*\*

Une rumeur de protestation s'éleva chez les élèves de terminale scientifique aussitôt qu'ils furent informés qu'à titre exceptionnel, ils partageraient la salle avec une classe de première durant leur devoir de philosophie. Les râleurs n'appréciaient pas de devoir partager leur espace de travail. Ceux qui ne disaient rien paraissaient accepter facilement leur sort. Un peu trop pour créer des tensions entre eux. Amaury suivit le flot qui montait les escaliers jusqu'au dernier étage en écoutant la conversation des camarades qui le précédaient.

« C'est dégueulasse ! C'est des premières, mais en plus c'est les littéraires ! Ils vont faire du bruit et tout. La philo c'est assez compliqué comme ça.
- Ouais ouais …
- Tu t'en fous toi ?
- Je me plains pas si tu veux savoir.
- Bah j'aimerais savoir oui …
- C'est tout con en fait. T'as vu la tronche des nanas de la classe ?
- Quel rapport ?
- Maintenant, tu vois celle des filles en Première L ? ».

Amaury n'eut pas besoin de se retourner pour voir les visages de ses copains s'illuminer. Et celui des filles qui avaient entendu se noircir de colère. Lui-même ne put s'empêcher de sourire tout seul.

« Les terminales, vous vous installez un par table. Je placerai les premières à côté de vous. »

Quelques soupirs retentirent tandis que chacun semblait se diriger précisément vers une place stratégique. Amaury choisit une table collée au mur sous une fenêtre. Les sacs s'ouvrirent en un concert de fermeture éclair, une symphonie disgracieuse de crayons posés sur les tables, de froissements de feuilles et de chaises qui grincent. Lorsque le surveillant acheva de distribuer les sujets, les élèves de première affluèrent à la porte ouverte et il s'empressa d'aller au-devant comme pour retenir un barrage sur le point de céder.

« Personne ne prend d'initiatives. C'est moi qui vais vous placer un par un en faisant l'appel ».

Quelques terminales distraits suivirent le défilé avec intérêt tandis que la plupart étaient déjà penchés sur la question « *L'opinion peut-elle être le guide du pouvoir politique ?* »

Amaury aussi s'était plongé sur le sujet. Il entendit à peine prononcer « Olympe Granger, installez-vous ici », et les quelques murmures envieux qui s'en suivirent. Il ne comprit que lorsqu'il sentit une odeur de shampoing à la mangue et d'eau de Cologne pour bébé venir effleurer son dos. A peine se fut-il retourné qu'Olympe était déjà assise à côté de lui. Il se sentit rougir tellement fort qu'il positionna une main devant le profil qu'elle pouvait voir de lui, et feignit de se tenir la tête avec pour réfléchir.

Olympe n'y prêta aucune attention et sortit sa trousse de son sac. Elle remercia le surveillant entre ses dents lorsqu'il vint lui tendre son sujet de maths.

\*\*\*

Marie avait migré de sa chambre au canapé du salon et s'était enroulée dans une couverture. La pluie giflait les fenêtres de l'appartement. L'adolescente se sentait moins fiévreuse, juste engourdie d'avoir trop dormi, affaiblie de n'avoir rien mangé. Elle bailla et saisit la télécommande. Elle passa rapidement de *Amoureusement Vôtre* à un téléfilm mal doublé et enchaîna les bribes d'émissions ennuyeuses de l'après-midi. Elle s'arrêta sur *Un cas pour deux* qui venait de commencer en maudissant ses parents de ne pas s'être abonnés au câble.

\*\*\*

Au bout d'une heure, Amaury avait pu compter les soupirs discrets de sa voisine. Il y en avait eu onze. Du coin de l'œil, il l'avait vue s'énerver, casser sa mine sur son brouillon et fouiller dans sa trousse à la recherche d'un taille-crayon. La voyant dépitée, il chercha un crayon pour le lui prêter et eut un léger mouvement de panique lorsque ses doigts rencontrèrent le badge. Il ne fallait pas qu'Olympe voit cette chose honteuse dans sa trousse, il aurait l'air ridicule. Il empoigna discrètement l'objet et le glissa sans un bruit dans la poche de son jean. Il eut ensuite le plaisir de se sentir comme un sauveur de demoiselles en détresse, un genre de héros qui dépannaient en fournitures de classe lorsqu'il fit rouler un crayon flambant neuf et bien taillé vers la copie d'Olympe. Elle lui fit un léger signe de tête reconnaissant. Et lui devint si rouge qu'elle aurait pu tout aussi bien voir le cœur dans sa trousse, sa collection de petites voiture et son vieux tigre en peluche, tant il sentait son peu de virilité lui échapper par tous les pores de la peau.

Mais Olympe ne l'avait pas remarqué. Elle semblait d'ailleurs ne jamais rien remarquer tout court. Il l'avait regardée maintes fois, de loin, dans la cour, le couloir, devant le portail. C'était comme si elle avait la tête ailleurs en permanence.

Lorsqu'il commença à rédiger sa conclusion au brouillon, Olympe avait mis ses coudes sur la table et se frottait les yeux. Il comprit qu'elle abandonnait la partie. Il jeta un coup d'œil discret sur son sujet de mathématiques. Intrigué, il se pencha plus avant, lut les exercices et les réponses qu'Olympe avait griffonnées sur un brouillon. Il sentit un fou rire s'emparer de tout son ventre et lui bruler la gorge. Les énoncés des exercices et les calculs à effectuer étaient si faciles qu'ils en étaient grotesques. Il ne pouvait pas concevoir la détresse de sa voisine. Ses réponses étaient d'une telle incohérence, son niveau d'un tel catastrophisme qu'il sentit tout son corps bourdonner sous l'effet de l'hilarité.

Olympe leva les yeux. Son regard incrédule se chargea de reproche lorsqu'elle comprit qu'il se moquait d'elle. Il s'empressa de faire taire son fou rire et écrit quelques mots dans une écriture atroce qu'il tendit vers elle.

*C'est super simple ton devoir !!! Tu veut que je t'écrive les réponse ?*

Olympe s'empara du mot et réfléchit. La proposition était aussi séduisante que risquée. Car si elle dépassait la barre des deux sur vingt, il ne ferait aucun doute qu'elle aurait allègrement triché. Se faire pincer sur ce coup-là aurait été d'autant plus stupide qu'elle ne trichait jamais par principe. Elle laissait cela à la plupart de ses camarades, têtes de classe compris, qui s'en donnaient à cœur joie, prêts à tout pour obtenir les meilleurs scores. Mais elle préférait assumer ses mauvaises notes plutôt que de prétendre avoir des acquis imaginaires. Car cela ne servait à rien. Cependant, l'idée d'avoir la moyenne en maths juste une fois dans sa vie était tellement tentante qu'elle s'empressa de dessiner un « oui » à côté de la proposition d'Amaury.

Elle le regarda rédiger les réponses sans même avoir l'air de réfléchir. Elle enviait cette facilité déconcertante qu'il avait avec les chiffres. Elle jeta un œil rapide sur la dissertation de philosophie de son voisin. Elle remarqua immédiatement une longue série de fautes d'accords, de ponctuation, d'orthographe et de syntaxe. Un désastre littéraire devant lequel elle se contenta de hausser un sourcil. *Tant pour lui*, pensa-t-elle. Parce qu'elle aurait pu tout lui corriger. S'il ne s'était pas moqué d'elle.

\*\*\*

L'enquête du feuilleton allemand battait son plein. Marie la suivait les yeux mi-clos. Le détective privé arpentait Francfort avec son brushing à la recherche d'un témoin clé pour innocenter un meurtrier présumé. Marie s'assoupit quelques minutes, à cause du peu de rythme de l'enquête, celui de la pluie sur les vitres et du jour qui baissait déjà à trois heures de l'après-midi.

Lorsqu'elle rouvrit les yeux, Josef Matula discutait avec son copain avocat attablé devant une assiette de choucroute à propos d'une preuve non exploitable. Le ton montait cordialement. Josef était blasé, seul contre tous à détenir la vérité, tellement pris par l'enquête qu'il n'avait même pas encore commandé son plat. Exaspéré, il brandit une photo de son blouson en cuir et l'agita sous le nez de son acolyte. *C'est ça !* dit-il. *Le mal, c'est ça !*

Marie plissa les yeux vers le grand écran cathodique. *Le mal c'est ça !* Sur la photo s'étalait une forme familière. Elle sentit ses épaules, ses bras et tout le reste de son corps se crisper. Un cœur fripé en forme de prune abîmée. *Le mal c'est ça !* s'exclamait-il en haussant le ton. *Le-mal-c'est-ça-le-mal-c'est-ça.* Le son montait, les mots cognaient de toutes leurs forces, pénétrant les murs de l'appartement. *LE MAL C'EST ÇA !!!* Marie se plaqua les mains sur les oreilles. Elle n'entendait plus rien. Elle ne voyait que le détective répéter cette phrase encore et encore d'un air pourtant redevenu placide, sans paraître crier.

Puis les lèvres de l'acteur cessèrent de remuer. Marie reposa ses mains tremblantes sur ses genoux repliés. Un serveur fit son apparition à l'écran. *Tout redevient normal, ça y est.* Il déposa une assiette devant le détective. Un plat de viande rouge en abondance, semblait-il. Comme pour en assurer le téléspectateur, la caméra se rapprocha de la table, se resserra sur l'assiette entre les deux protagonistes qui discutaient tranquillement. Le morceau de viande grossissait, alangui sur son assiette, jusqu'à envahir tout l'écran. Le steak difforme n'était pas simplement saignant, il était complètement cru. Marie sentit une contraction dans son œsophage qui remonta en un puissant haut le cœur.

*C'est la gerbe ce truc !*

La viande gisait en gros plan, luisante et violacée, filandreuse par endroits. Marie hoqueta et se figea entre les gros coussins de velours du canapé. L'amas de chaire crue et boursouflée sur laquelle l'image s'était arrêtée formait un cœur désordonné, un cœur déformé. L'adolescente oublia de respirer. Elle sursauta lorsqu'une fourchette vint se planter dans le steak difforme. Et la viande aussi eut un sursaut. Tandis que les dents de la fourchette s'enfonçaient, la chair crue enflait par spasmes avec un bruit flasque et gluant. Marie poussa un cri, se leva et se rua vers la télévision pour l'éteindre. Le silence revint dans le salon. Et le bruit rassurant de la pluie qui cognait.

Puis Marie courut dans la salle de bain pour vomir.

***

Amaury avait recopié sa dissertation au propre, relue et corrigée plusieurs fois. Il se tourna vers sa voisine. Olympe dormait, son crayon à lui encore figé mollement dans les doigts ornés de bagues en argent. Elle avait posé la tête dans son coude sur la table et ses cheveux inondaient tout l'espace, dissimulant les calculs qu'elle n'avait pas fait elle-même. Ses épaules se soulevaient imperceptiblement au rythme de sa respiration.

Amaury consulta le cadran électronique de sa montre. La sonnerie allait retentir dans vingt minutes. Il avait vingt minutes pour espérer qu'elle se réveille. Cela lui laissait une marge, le temps de trouver une approche. Qu'allait-il lui dire ? Il voulait lui proposer de l'inviter prendre un café ce week-end, ou d'aller au cinéma, ou juste lui demander le numéro de téléphone de chez elle. Mais les minutes passaient, et elle dormait toujours. Son peu d'aplomb diminuait à grande vitesse. Olympe faisait partie de ces filles qui avaient quelque chose d'indéfinissable, d'intimidant, qui les rendaient impossible à aborder sans rougir. Bien souvent, personne n'osait venir vers elles, tant et si bien qu'elles finissaient par se croire laides.

Puis Amaury eut une idée. Avant que tout courage ne le quitte, il déchira proprement un rectangle de papier à l'aide d'une équerre et y inscrivit son numéro de téléphone qu'il entoura deux fois. Il chercha l'inspiration à s'en faire mal à la tête et finit par rédiger quelques mots de son écriture tordue. *Je suis content de t'avoir aidé pour ton contrôle de maths je suis sure que tu auras une bonne note. Je te donne mon numéro si jamais tu voudrais m'appelé.* Il signa de son prénom, plia soigneusement sa missive en quatre et la glissa dans la trousse d'Olympe avec la dextérité d'un démineur. La jeune fille ne remua pas d'un millimètre.

Il se sentait le roi des ringards mais n'avait rien trouvé de mieux. Dans le pire des cas, Olympe allait rire en le trouvant avant de le jeter à la poubelle. Ce ne serait qu'un peu d'orgueil froissé. Beaucoup d'orgueil froissé, en définitive, mais tant pis. C'était fait.

Il enfonça les mains au fond de ses poches et étira ses longues jambes vers l'avant. Inconsciemment, il serra le badge dans sa main.

\*\*\*

Marie revint dans le salon avec prudence, comme si une présence malveillante aurait pu s'y glisser pour l'attendre derrière un rideau. Elle alla coller son front contre la vitre glacée et regarda en bas. Quelques parapluies sombres circulaient sur le trottoir, de rares voitures passaient avec un vrombissement rassurant. Elle resta quelques minutes le visage contre la fenêtre qu'elle embuait afin de faire totalement disparaitre la fièvre. En réalité, elle se sentait tiède depuis qu'elle s'était réveillée, les courbatues avaient disparu. Mais ce qu'elle avait vu à la télévision, c'était le genre de cauchemar que l'on fait lorsqu'on est fébrile.

Le cœur empli d'angoisse, elle saisit la télécommande, hésita, puis ralluma la télévision. Une publicité pour Renault, suivie d'une annonce vantant les mérites d'un code de minitel. Vint ensuite le slogan de Chambourcy qui acheva de convaincre la jeune fille que tout était bien rentré dans l'ordre. Elle alla chercher des biscuits et du jus de fruits dans la cuisine et revint s'installer pour les séries télévisées de la fin d'après-midi.

Elle avait dû faire un cauchemar.

\*\*\*

Les doigts d'Amaury se resserraient sur le jeton. Il regardait sa voisine dormir. Le surveillant baillait au milieu des dernières pages de son Chateaubriand. Un « chuuuuut » peu convaincu s'échappait régulièrement de ses lèvres sans qu'il ne lève les yeux de son livre, troublant le silence pesant de la salle.

Amaury promena son regard sur les affaires de sa voisine, sa trousse mauve couverte de dessins appliqués au stylo à bille, ses stylos colorés, son cabas qu'il voyait porté en différentes couleurs par toutes les jolies filles dont il ignorait la marque. Judith avait le même et Pauline en réclamait un depuis la rentrée. Et aux pieds de la jeune fille chaussés d'une paire de New Balance, un petit sac de sport dont la lanière traînait sur le parquet poussiéreux. S'il l'avait remarqué avant, il aurait engagé la conversation sur le sport.

*Trop tard.*

Dans sa main, le badge semblait s'être comprimé, comme si le plastique rigide était devenu étrangement malléable, fondu sous la chaleur de ses doigts. Amaury continua à le triturer machinalement dans sa poche comme on maltraite une balle anti-stress. Il se demanda quelle en était la matière, car le plastique ne mollit pas sous une simple torsion. Soudain, il eut un sursaut. La texture avait changé. De souple et lisse, la matière qu'il tenait dans la main était devenue molle et poreuse. Le contact de cette chose devint absolument abject. Il fallait qu'il la relâche. Il sentit monter une nausée d'écœurement. Il sortit son poing fermé de la poche étroite de son jean et ouvrit la paume devant lui. Ce qu'il découvrit n'avait plus rien d'un jeton en plastique avec un dessin. Il tenait la réplique du dessin lui-même en relief au creux de la main. Un cœur spongieux qui avait la consistance de quelque chose qui aurait pourri dans une canalisation. Amaury transpirait à grosse gouttes.

*Mais comment ...*

Puis il eut un réflexe de rejet écœuré et jeta la chose par terre. Personne n'avait rien vu. La chose qui ressemblait de loin à un noyau de fruit s'immobilisa sous une chaise devant lui.

*Enfin débarrassé de ce truc.*

Puis la cloche sonna et Olympe se réveilla en sursaut, une marque de torsade de son pull imprimé sur sa joue.

\*\*\*

La porte d'entrée s'ouvrit et la mère de Marie pressa le pas jusqu'au salon.

« Ma dernière cliente a annulé son rendez-vous, j'ai pu rentrer plus tôt. Comment tu te sens ma chérie ? »

A peine Marie eut-elle pu répondre que sa mère avait ôté ses escarpins sur le tapis, lâché son sac à main et appliquait une main glaciale sur le front de l'adolescente.

« Tu n'as plus de fièvre, on dirait. Tu as encore mal quelque part ? Des courbatures ? Mal à la tête ?
- Non, plus rien, juste un peu fatiguée, mais ça va beaucoup mieux.
- Ça a été, ta journée à la maison ? J'ai été débordée, je n'ai pas eu le temps de téléphoner …
- Oui je … »

Marie songea au morceau de viande du feuilleton allemand. *Le mal c'est ça*, raisonnait dans sa tête la doublure française. Durant quelques secondes, elle se sentit coupée du monde, isolée dans ce cauchemar qui l'avait terrifiée. Elle aurait voulu en parler à sa mère. Sa mère était psychologue, elle avait toujours une réponse à tout et n'importe quoi, quelque chose de rassurant. Mais cette vision sortait du cadre des mots apaisants, rien n'aurait convenu. Elle finirait par oublier.

« ... tout va bien », conclut-elle.

\*\*\*

Au dernier étage de la salle Pleyel, Olympe s'étirait, essoufflée et en nage, tandis que ses camarades du cours de danse quittaient la salle avec empressement.

La professeure rassembla ses affaires, ramassa la chaine stéréo et les CD et adressa un sourire à l'adolescente.

« Tu as une petite mine Olympe, tu devrais te coucher plus tôt, et prendre des vitamines.
- Je sais. J'ai l'impression d'être tout le temps fatiguée, même après avoir bien dormi.
- Tu t'es mis à la cigarette récemment, non ? »

Olympe baissa les yeux et rougit.

« J'en étais sûre, tu vois, dit-elle avec douceur. Tu es essoufflée. Il faut que tu arrêtes ça.
- Vous avez raison ... »

Elle salua sa professeure et regagna le vestiaire, déserté par les deux dernières jeunes filles qui quittèrent les lieux en bavardant. Epuisée, Olympe s'assit sur un banc et entreprit d'enlever ses guêtres. Cela avait beau être une fois par semaine le jeudi soir, mais ces cours de danse la vidaient d'énergie, surtout lorsqu'il faisait froid. Elle aurait voulu arrêter, du moins faire une pause juste le temps de l'hiver, mais sa mère n'aurait jamais accepté. La jeune fille avait déjà réussi à négocier d'arrêter la danse classique au profit de la danse moderne et la chose n'avait pas été simple. Peut-être réussirait-elle à convaincre sa mère l'an prochain en terminale, utilisant le prétexte du bac.

Elle se rhabilla sans se lever du banc. Elle avait une étrange sensation depuis que les vestiaires s'étaient vidés. Sans qu'elle n'ait pu le définir, elle savait que ce qu'elle ressentait était anormal. Elle connaissait ces lieux depuis l'enfance, elle exerçait la danse dans ces salles, arpentait ces couloirs et fréquentaient ces vestiaires depuis qu'elle avait quatre ans. En treize ans, elle n'avait jamais ressenti cela. C'était indescriptible, une inquiétude venue de nulle part.

Elle se sentait observée.

Elle ralentit ses gestes afin de faire le moins de bruit possible, remonta son jean au ralenti.

*C'est stupide ma pauvre fille. Tu vois bien qu'il n'y a personne.*

Elle reboutonna son Levi's avec mille précautions, fixant la porte du vestiaire sans ciller. Le silence résonnait, épais comme les vieux murs. Elle n'entendait que le fracas de son propre cœur.

*Débile. Je suis complètement débile.*

Elle décida de nouer ses lacets au plus vite et partir d'ici, même s'il fallait courir. Même si manifestement rien de la poursuivrait. Elle s'interrompit soudain. Quelque chose remuait. Elle sentit l'intérieur de sa bouche se dessécher et roula des yeux partout dans la pièce aveugle. Des casiers et des bancs. Rien d'autre. Des casiers, des bancs et ses affaires. Son sac de sport et son sac de cours. Son regard s'arrêta sur le cabas contenant ses manuels de lycée. C'était ce sac qui bougeait.

Olympe demeura paralysée de peur sur le banc. La toile remuait avec régularité. Comme si le sac eut été vivant, animé d'un rythme cardiaque. Les tissus palpitaient.

*C'est une souris. Un truc comme ça qui s'est glissé dedans. Un rat d'opéra. Le sac n'est pas ...* Elle secoua la tête. *Le sac n'est pas vivant !!*

Elle bondit en direction du cabas et en écarta les anses. Il n'y avait rien d'anormal. Pourtant Olympe tremblait, le sang lui montait à la tête, elle était effrayée. Elle attrapa ses sacs et sortit de la pièce à toute vitesse. Elle dévala des escaliers déserts en haletant, s'attendant à ce que quelqu'un ou quelque chose la rattrape dans un tournant. Elle traversa le hall en courant sous les yeux étonnés du concierge.

Elle ralentit en arrivant sur le trottoir. L'air était glacial, chargé de la pollution des embouteillages du soir.

*C'était juste mon cœur,* se dit-elle. *Il a dû battre trop fort.*

Elle se précipita dans la bouche du métro.

\*\*\*

« Pauline ! T'as pas bientôt fini avec le téléphone ?
- Mais lâche moi t'es super lourd ! T'as quoi ce soir ?! »

Pauline était assise par terre dans le couloir de l'entrée. Cela faisait une heure qu'elle piaillait dans le combiné en entourant la spirale du fil autour de ses doigts. Et lui n'arrivait pas à se concentrer sur son devoir de chimie.

« T'as pas entendu un double appel au moins ?
- Mmm nan ! Pourquoi ? C'est une fille qui doit t'appeler ?
- N'importe quoi …
- Bah elle a oublié, faut croire ! »

Amaury repartit dans sa chambre. Sa sœur gloussait abondamment.

\*\*\*

Bien avant minuit, Olympe avait déjà oublié sa récente frayeur. La peur avait cédé la place à l'énervement. Cela avait été très facile, il avait suffi d'une dispute avec sa mère qui lui avait annoncé leur départ pour la campagne le lendemain après les cours. Olympe avait tenté de faire valoir ses dix-sept ans comme une dispense de quitter Paris les week-ends mais sa mère n'avait rien voulu entendre.

« Tant que tu vis sous notre toit, tu obéis », avait-elle conclu.

Et la jeune fille s'était couchée énervée.

De l'autre côté du seizième arrondissement, Marie se glissa dans son lit avec un frisson. La fièvre disparue, elle ne pouvait cependant s'empêcher de penser à l'amas de chair crue. L'avait-elle rêvé ou l'avait-elle vu ?

*Dors maintenant, demain tu n'y penseras plus.*

Elle ferma les yeux.

Quant à Amaury, il ne trouvait pas le sommeil, contrarié qu'Olympe ne lui ait pas téléphoné. Mille hypothèses se bousculaient dans sa tête, séparées en deux listes de pronostics selon que la jeune fille ait découvert son mot ou pas.

Il s'endormit peu après trois heures.


VENDREDI


Tout était écarlate autour de Marie. Un rouge irrégulier, un pourpre couleur viande crue. Les murs de sa chambre étaient en chair flasque. Ils se resserraient autour de la jeune fille. Bientôt, ces parois infâmes et sanglantes à l'odeur infecte de putréfaction viendraient lui effleurer les bras. Le contact était imminent.

Elle se redressa dans son lit. Autour d'elle, les murs étaient à distance raisonnable de son lit, couverts de posters d'équitation. Il faisait nuit noire par la fenêtre. Marie reprit son souffle, écarta de son visage les mèches engluées de sueur et attendit que les battements de son cœur ralentissent. Le radio-réveil indiquait six heures cinquante-trois. Il devait sonner dans sept minutes. L'adolescente se leva encore tremblante et se rendit dans la salle de bains. Elle constata son reflet blême dans le miroir et chercha le thermomètre qu'elle appliqua sous sa langue. L'appareil lui indiqua qu'elle n'avait pas de température et qu'elle pouvait retourner au lycée.

Une inquiétude subsistait. Elle ne se sentait pas tranquille. Elle n'aurait su dire pourquoi.

***

La classe d'espagnol se remplissait doucement. Très doucement semblait-il ce matin. Amaury avait sorti ses affaires de son sac à dos et consulté l'heure. La professeure entra dans la classe une minute avant huit heures. Amaury fronça les sourcils. D'ordinaire, à l'exception d'une fille dont les retards étaient systématiques, les élèves de cette classe étaient d'une redoutable ponctualité. Or lorsque le cours commença, il manquait environ un quart des élèves. Ce taux d'absentéisme était une première.

« Bien, fit la professeure après avoir fait l'appel, il y a visiblement un virus qui circule ».

Amaury songea à Olympe. Sans doute était-elle malade, elle aussi. Elle lui avait paru épuisée hier, endormie sur son devoir de maths. Peut-être était-ce la raison de son silence. Elle avait dû regagner son lit aussitôt rentrée chez elle et n'avait pas pu découvrir son mot.

Mais Olympe se trouvait juste au bout du couloir, en cours de géographie. Elle avait les yeux cernés et un vague sourire épuisé. Elle n'avait que la matinée à tenir car elle n'avait pas cours les vendredi après-midi. Elle partirait à la campagne à l'heure du déjeuner et bailla d'avance à l'idée de s'endormir sur la banquette arrière. Elle n'était plus mécontente de partir, finalement.
*L'air frais va me faire du bien.*
Perdue dans ses rêveries, elle ne remarqua pas qu'il manquait plus de la moitié de la classe. La chose était plutôt courante chez les littéraires les vendredis matins.

Cela n'échappa pas à Marie lorsqu'elle entra en cours de sciences économiques. Il manquait assez de monde pour qu'elle comprenne qu'elle n'avait pas été la seule à attraper quelque chose de bizarre. Elle ouvrit son cahier et sentit ses muscles se décontracter, la tension de son corps se relâcher.
Une vulgaire crève de mi-saison. Rien de plus, rien de moins.

***

A dix heures tapantes, Olympe avait déjà étalé son matériel dans la salle d'arts plastiques. Il s'agissait de la seule matière où, à défaut d'exercer un quelconque zèle, la jeune fille montrait une assiduité sans faille, un manifeste souci de bien faire.

« Les arts plastiques, c'est d'abord de la technique, et la technique ne s'improvise pas », avait annoncé l'enseignante lors de son premier cours.

Si Olympe en cette matière était l'élève élue, elle demeurait en étroite concurrence avec une fille nommée Elise, fabuleusement douée en dessin, avec qui elle se bagarrait les meilleures notes. Elise aussi était prête, lunettes sur le nez, mèches brunes solidement attachées, ses crayons aiguisés alignés devant elle, décidée à en découdre avec sa rivale.

« Aujourd'hui, je vais vous demander de représenter six fois le même objet de manière identique sur un support que vous devrez quadriller. Vous utiliserez le matériel que vous souhaitez et vous vous y tiendrez. Si vous décidez de peindre, je ne veux pas voir de figures au crayon, et vice versa. Vous avez jusqu'à treize heures. »

Olympe et Elise se lancèrent un furtif regard de défi et se mirent immédiatement à l'œuvre, suivies des six autres élèves présents dans l'atelier.

\*\*\*

A l'heure de l'intercours, Amaury descendit jusqu'au préau en fouillant les poches de sa veste à la recherche de sa carte téléphonique. Il l'introduisit dans l'appareil fixé au mur près des escaliers en espérant avoir assez de crédit dessus. Au bout d'une quinzaine de sonneries, son ami Théodore décrocha.

« C'est Amaury. Qu'est-ce qu'il t'arrive ce matin ?
- M'en parle pas, fit son camarade d'une voix éraillée. Je suis au plus mal.
- T'as la crève ?
- Ouais un genre. Je tiens pas debout. Ma mère a appelé la direction ce matin pour prévenir.
- T'es loin d'être le seul. Il manque une bonne partie de la classe.
- Ça m'étonne pas. Le médecin est passé tout à l'heure, il a dit que c'était un virus, ça a dû circuler.
- C'est quoi comme virus ? Me dis pas que c'est la gastro sinon je me fous en quarantaine direct. »

Théodore bailla à grand bruit dans le combiné.

« Bah c'est bizarre. Il sait pas trop. Les symptômes sont trop variés pour qu'il se décide mais en gros il a dit que voilà, c'est un virus quoi, il m'a dit que ça passe avec le repos donc moi je m'en tape du moment qu'il me refile pas de suppositoires tout me va.
- Je te vois pas au foot demain du coup ?
- Je pense pas non.
- Tu crains.
- Ouais ouais, bailla-t-il de nouveau, plus longtemps cette fois-ci.
- Bon je te laisse pioncer. Remets toi vite.
- Fais attention mon pote.
- Attention à quoi ? »

La voix de son ami s'était refroidie, comme s'il s'était subitement réveillé ou que quelqu'un d'autre avait pris la parole à sa place dans l'appareil.

« Surveille tes poches, regarde partout. Ce qui se passe, ce n'est pas normal du tout. Tu es peut-être condamné. »

La communication fut interrompue, la voix de Théodore remplacée par une tonalité désagréable. La carte avait épuisé ses dernières secondes de crédit. Amaury raccrocha, perplexe.

*Il a de la fièvre*, pensa-t-il en s'éloignant. *On dit n'importe quoi, quand on a de la fièvre. Il a confondu condamné et contaminé.* Machinalement, sans s'en rendre compte, il fouilla ses poches et n'y trouva que deux pièces de dix francs.

\*\*\*

Marie piquait du nez. Elle se sentait encore fragile d'hier, fatiguée de cette maladie express. Encore un peu secouée des délires qui allaient avec. A moitié avachie sur son cahier, elle eut une pensée pour ses camarades absents qui devaient en ce moment même subir ses désagréments de la veille.

*Ils ne vont pas voir de la viande à la télé. Ce n'est pas un symptôme. Non non mais ce sera sans doute autre chose. La fièvre fait ça. Ce sera autre chose. Le principal, c'est que pour moi ce soit fini. Je ne veux plus jamais choper la crève de ma vie.*

Elle ouvrit son agenda et étudia l'autocollant. Plus elle regardait l'image, moins l'objet lui semblait cohérent. Il n'existe pas d'autocollant morbide dans l'inconscient collectif. Un autocollant, c'est plus ou moins toujours quelque chose d'amusant, cela n'a jamais rien de très sérieux. Mais celui-ci était … Marie ne trouvait pas le mot, elle le cherchait, hypnotisée par les couleurs. *Celui-ci est … malsain.*

« Marie ! Vous voulez peut-être un oreiller pour votre sieste ou ça va aller !? »

Une nuée de ricanements. L'adolescence se redressa en s'excusant d'une voix faible. Elle referma l'agenda d'un coup sec. Il y eut un *splach !*, quelque chose comme ça, entre les pages. Un bruit d'éponge mouillé. Un bruit qui n'avait rien à faire dans du papier.

***

Olympe reproduisait la forme qui décorait son marque-page improvisé. Elle l'avait peinte six fois, ne quittant son immense feuille Canson des yeux que pour scruter son modèle. Elle peignait sans ciller, oubliant presque de respirer. Cela faisait bientôt trois heures que l'on n'entendait rien d'autre que des ciseaux, crayons, tubes et froissements. Quelques murmures de temps en temps, une toux, un reniflement. Olympe prit une grande inspiration et reçut une bouffée d'odeurs de peinture. Elle acheva de peindre la dernière figure en prenant soin de ne pas se tromper dans ses mélanges de couleurs. Elle avait dû reproduire sept nuances de rouge pour se rapprocher au mieux des teintes de l'original.

« Beau travail, Olympe », siffla une voix près de son oreille.

La jeune fille eut un rire nerveux. Elle n'avait pas senti l'enseignante se rapprocher derrière elle et avait failli rater son dernier coup de pinceau.

« Merci Madame », répondit-elle en reculant au même niveau que la professeure pour juger du résultat final. La femme hocha la tête d'un air satisfait et repartit faire sa tournée des chevalets, examinant le travail de chaque élève.

Olympe s'étira, ôta sa blouse blanche et commença à rincer son matériel.

« Bien, entendit-elle de loin lorsqu'elle nettoyait un pinceau sous un filet d'eau froide. Vous avez tous fait du bon travail. Excellent même, pour certains, je suis contente. La consigne a été respectée à la lettre. Cependant je m'étonne d'une chose, bien que je trouve cela plutôt amusant. Si je vous ai demandé de reproduire le même objet, je ne vous ai pas donné ordre de faire tous le même. Je ne sais pas qui a copié sur qui et d'où vient l'idée, mais vous n'étiez pas obligées de tous faire la même chose. Enfin, je vous félicite. Passez un bon week-end. »

Olympe avait laissé son pinceau lui échapper des doigts dans le vieux bac en émail. Elle se retourna, et vit ses camarades silencieux se tenir à côté de leurs ouvrages. Immobile et sidérée, elle sentait le sol chavirer sous ses pieds

comme un décor qu'on enlevait. Que ce fut en collage, au fusain, qu'elle qu'en fut la technique...
Tous avaient reproduit le même dessin.

\*\*\*

Amaury grimpa les trois étages qui séparaient sa soif du distributeur de boissons du cinquième étage. Il sortait de la cantine où ils avaient déjeuné entre survivants. Blague qui n'avait été à son goût. Il n'était pas mauvais public d'ordinaire, mais le lycée à moitié vide lui faisait un drôle d'effet. Il était trop angoissé pour s'amuser de quelconque plaisanterie. Il franchit le palier presque essoufflé et se dirigea vers le couloir. La machine était là, pleine de promesses sucrées, l'aguichant de ses néons.

Il s'apprêtait à sortir sa monnaie lorsqu'une porte s'ouvrit et fit sortir un mince filet d'élèves munis de grands cartons à dessin. Et parmi eux, Olympe avançait, les yeux cernés, vides, rivés au sol. Elle leva la tête et regarda Amaury comme si elle voyait à travers lui. Il eut l'atroce sensation d'être transparent, une plante verte qu'on remarque en passant sans s'y attarder.

*Tu vois bien qu'elle n'en a rien à foutre mon vieux*, lui souffla sa conscience.

L'adolescente disparut au tournant menant aux escaliers. Quelque secondes plus tard, le couloir fut à nouveau désert et silencieux. Aussi vide que le compartiment réservé à l'espoir dans la tête du jeune homme.

*Et merde ...*

Olympe, c'était plié. Il fallait oublier et ravaler son orgueil. Il se tourna de nouveau vers la vitrine de sodas et sortit ses pièces de sa poche. Le jeton vint avec, son cœur dégueulasse au milieu des pièces de monnaie.

« Putain mais c'est pas vrai !!! » rugit Amaury en projetant l'objet de toute sa force contre le mur. Le jeton rebondit au fond du couloir, fit quelques bonds au sol et revint vers lui en roulant. Il s'arrêta à quelques centimètres de ses Nike, fit quelques tours sur lui-même, dansa quelques secondes avant de s'immobiliser à plat. Amaury prit son élan et tapa du pied sur la figure plate. Lorsqu'il releva sa chaussure, la chose était restée intacte. Il recommença. Une fois, deux fois. *Splash !* Un bruit humide de crevaison. Amaury frappa encore du pied. *Splash !* Des fines éclaboussures vermillon apparurent autour de sa chaussure. La chose qu'il s'escrimait à détruire avait l'aspect répugnant d'une bouchée de viande recrachée. Pas plus épaisse qu'une grosse bille, elle avait pris un relief spongieux. Amaury l'écrasa de nouveau, encore et encore.

Si quelqu'un l'avait surpris en ces quelques secondes, Amaury serait passé pour un fou dangereux. Il mit un terme à son acharnement, essoufflé et toujours hors de lui. Furieux contre cette merde qui revenait sans cesse dans ses affaires depuis des jours. Furieux contre lui-même de s'être ridiculisé auprès d'une fille qui ne le reconnaissait même pas dans les

couloirs. Furieux contre tout un chacun qui décidait de l'emmerder à tous niveaux.
*Allez, respire.*
Sans daigner jeter un œil à ce qui gisait par terre, il se reprit peu à peu. Il se redressa, releva la tête et ferma un instant les yeux pour se calmer.

Il se recoiffa d'une main et revint face au distributeur. Une brulure fulgurante lui traversa les entrailles. Son ventre le brulait comme si ses intestins se calcinaient. Il grimaça de douleur et sentit une déflagration dans ses reins.
*Putain tout mais pas ça ...*
Il courut à toutes jambes vers les toilettes les plus proches et eut tout juste temps de baisser son jean. Il implora en silence la vie pour que ni Olympe, ni qui que ce soit au monde ne remonte à l'étage à ce moment-là.

Un quart d'heure plus tard, il épongea son visage en sueur dans son pull, boucla sa ceinture et décida de rentrer chez lui. Il ne pouvait pas courir le risque que cela recommence en plein cour l'après-midi. Et il en avait marre de tout.

*\*\*\**

Marietta accueilli Amaury et s'empressa de lui fournir un jogging propre, une couverture, des chaussons, une soupe, s'activait autour de lui à lui donner le tournis. *Repose-toi,* ne cessait-elle de répéter en boucle depuis qu'il était rentré. *Oui oui*, répondait-il.

Alors qu'Amaury s'affalait devant la télévision avec ses crampes au ventre, Olympe terminait de préparer son sac pour le week-end. A quinze heures, la BMW de son père quittait Paris.

Marie sortit de son cours d'histoire une heure plus tard. Elle attendit sa meilleure amie à la sortie.
« Tu viens chez Tiffany ce soir ? fit Léa en allumant une Marlboro Light.
- Je ne suis pas au courant, il y a un truc ?
- Ouais, ses parents sont pas là. Elle fait une petite soirée, viens !
- Elle est au courant que tout le monde est malade en ce moment ? Elle ne va pas rameuter beaucoup de monde.
- Pas grave. Ce sera en petit comité, c'est mieux que rien.
- Je demanderai à mes parents si je peux. »

\*\*\*

Olympe somnolait sur la banquette arrière en regardant défiler la Normandie, bercée par les Nocturnes de Chopin de ses parents. Elle ne se réveilla que lorsque la voiture franchit le portail de la propriété familiale et que le berger allemand qui veillait à l'année sur le manoir trotte à côté d'eux en jappant de joie. Ils roulèrent la longue allée recouverte de feuilles mortes bordée de vieux chênes. Le moteur fut coupé devant l'édifice. Olympe sortit en s'étirant avant d'ouvrir grand les bras au chien qui bondissait en tous sens.

« Salut Lanvin ! Comment il va mon gros chien !? »

Lanvin fit quatre fois le tour de la voiture au galop, inspecta le coffre ouvert, circula à toute vitesse dans les jambes des parents d'Olympe pour récolter les caresses qu'on lui devait. Le concierge apparut sur le porche pour accueillir la famille et le chien fusa à l'intérieur du manoir.

« Olympe, dépêche-toi de prendre tes affaires, il va faire nuit ».

Olympe frotta ses yeux et obéit. Elle était ravie, en fait, d'être ici. Sans qu'elle ne put s'expliquer pourquoi, elle se sentait en sécurité en cet endroit. Loin de Paris, loin des microbes et des choses étranges qu'elle avait pu ressentir ces derniers jours.

Elle savait qu'elle reviendrait à Paris dans deux jours, replongerait dans le bouillon de culture qu'est un lycée à l'approche de l'hiver. Mais ici, elle se sentait en sursis.

\*\*\*

Pauline claqua la porte d'entrée. Le fracas réveilla Amaury en sursaut. Il était en plein cauchemar étrange dont il oublia aussitôt le scénario. Pauline entra dans le salon et pouffa de rire à la vue de son frère emmitouflé dans une couverture, l'œil hagard et des épis dressés sur la tête.

« Ça va mamie ? T'as passé une bonne journée ?
- Idiote …
- Non en vrai si t'es malade t'es gentil : tu gardes tes microbes pour toi. J'ai un contrôle lundi.
- Merci pour ta compassion. »

Pauline se jeta sur le canapé sans enlever ses chaussures. Amaury se leva à temps avant de recevoir le coude de sa sœur en plein visage. Il fit quelques pas dans le salon. La tête ne lui tournait plus. Il se sentait beaucoup mieux.

« Pendant que t'es debout va me chercher un Orangina s'il te plaît », demanda Pauline en s'emparant de la télécommande.

\*\*\*

« Olympe ! tu veux bien t'occuper du feu ?! J'ai encore des coups des fils à passer, cria son père par-dessus un trente-trois tour de Frank Sinatra.
- On dine dans une heure ! ajouta sa mère depuis la galerie du premier étage.
- Okay », fit-elle après un gros soupir de pure forme.

La jeune fille redescendit au salon avec le livre qu'elle était en train de terminer. A deux pages près. *On n'a jamais la paix nulle part.* Le volume de la musique diminua, joua en sourdine comme si le son rampait dans les pièces du rez-de-chaussée. Elle s'appliqua à disposer le petit bois sous les bûches sèches et froissa les pages d'un vieux numéro de La Tribune qu'elle fourra au milieu des brindilles avant de craquer une allumette. Elle saisit le soufflet et attisa les flammes jusqu'à ce qu'elles finissent par emplir l'âtre.

« C'EST FAIT !!! » hurla-t-elle plus que nécessaire.

Seul son écho lui répondit contre les murs centenaires. Elle s'installa sur le canapé d'époque fatigué dont les ressorts semblaient vouloir crever la tapisserie. Elle alluma une lampe et se plaça sous le halo pour finir sa lecture.

Lorsqu'elle claqua le livre, elle resta à l'examiner, pensive, relut le résumé, fit passer son index sur la tranche et loucha sur la couverture. Elle fit glisser le marque-page qui dépassait du volume. Cette peinture la mettait de plus en plus mal à l'aise à force de la regarder. Elle la trouvait morbide, comme si la figure était frelatée. Cela n'avait aucun sens, pourtant. Un dessin ne pourrit pas. Elle examina le verso vierge où la figure apparaissait en transparence à la lueur de la lampe. Elle crut y deviner des yeux. Deux orbites allongés de l'autre côté de la carte, qui la regardaient. Elle hoqueta de surprise. La carte lui échappa des mains et tomba côté face sur le tapis persan. Olympe se raidit. Elle se leva et se tint debout, le papier cartonné entre ses deux baskets. Elle n'osait plus le ramasser. Elle sentait son cœur battre anormalement fort.

*Arrête ça, c'est un morceau de papier !* Elle le ramassa et le retourna d'un geste rapide. La figure était intacte. *Tu vois bien qu'il n'y a pas d'yeux* ... Olympe regarda la cheminée, la carte, puis la cheminée de nouveau. Elle se dirigea vers l'âtre et jeta au feu le marque-page.

Il y eut une flambée redoutable lorsque les flammes s'emparèrent du carton qui se recroquevilla aussitôt calciné. Olympe contempla le feu brûler. Frank Sinatra revint susurrer *Fly me to the moon* dans une autre pièce. Elle sourit, apaisée.

Au dehors, une opaque fumée rouge sortait du toit, invisible dans l'obscurité.

\*\*\*

Marie et Léa sonnèrent à la porte de Tiffany armées d'un pack de Desperado et d'un paquet de bonbons. Quelque chose manquait. Aucune musique ne débordait jusqu'au palier. Puis la porte s'ouvrit. Leur hôte était pâle, le visage creusé d'une terrible fatigue.

« Salut les filles, entrez.
- T'as la mononucléose ou quoi ? demanda Léa.
- Très marrant ...
- T'es sûre que ça va ? s'inquiéta Marie.
- Ouais ouais ... J'ai dû choper une saloperie, ça ira mieux avec l'alcool. Il paraît que ça tue les microbes.
- T'es sûre ?
- Mais oui ! Allez restez pas là y a Julie dans le salon.
- C'est tout ? Mais il est neuf heures du soir ! »

Tiffany s'arrêta au milieu du couloir et prit appui sur le mur. Elle tourna la tête de trois quart vers ses amies, comme si se retourner entièrement demandait trop d'efforts. Sans doute économisait-elle ses forces pour le reste de la soirée.

« Je sais pas ce qu'il se passe, déclara-t-elle. Tout le monde est malade, ou presque. Toutes les personnes que j'ai invité au lycée et qui m'ont dit oui ce matin m'ont posé un lapin ce soir. Tout le monde sauf vous deux et Julie. J'ai encore espoir pour Matthias, Karine et Geoffrey mais ils ne répondent pas au téléphone. Pour les autres, ils sont tous au lit avec la crève.
- Comme toi hier, dit Léa à l'adresse de Marie.
- C'est vrai ça ! dit Tiffany. Tu n'aurais peut-être pas dû revenir en cours ce matin, c'est toi qui a contaminé tout le monde si ça se trouve.
- Mais n'importe quoi ! Je suis guérie je vais très bien.
- C'est pas parce que tu vas mieux que tu n'es plus contagieuse. »

Marie haussa les épaules, vexée. Leur hôte poussa un soupir et poursuivit :

« Bon ça, c'était la mauvaise nouvelle.
- Il y en a une bonne ? s'empressa Léa, les yeux pleins d'un espoir pathétique.
- Oui, j'ai téléphoné à mes potes de mon ancien lycée. Là-bas au moins ils sont pas en phase terminale comme nous … Enfin bref, ils sont en forme, motivés comme tout et ils viennent, pour la plupart. Je pense qu'on ne va pas s'ennuyer du coup.
- Génial ! » s'extasièrent ses amies en chœur.

Puis Tiffany reprit sa procession jusqu'à la salle de séjour où Julie mangeait des Petit Prince devant MTV. Elle leur adressa un sourire, la bouche pleine.

Elle avait les yeux rouges.

\*\*\*

Olympe vida son sac de voyage sur son lit à baldaquin qui avait pris la poussière depuis sa dernière venue. Lanvin entra dans la pièce et vint renifler les affaires que la jeune fille avait dispersées sur le couvre-lit. Il appliqua son museau sur un pull, renifla un tube de crème contre l'acné et s'arrêta sur un paquet de Mikado.

« Lanvin, laisse ça ! »

La jeune fille écarta les t-shirts et finit par trouver le nouveau roman qu'elle avait emmené pour le week-end, *Outrage Public à la Pudeur* de Tom Sharpe. Elle rangea le reste tandis que le chien soucieux d'aider s'empara de sa trousse et la lui déposa aux pieds.

« Oh tu es gentil mais tu es dégoûtant regarde, ma trousse est pleine de bave ! »

Olympe se souvint qu'elle y avait rangé une bague qui l'avait gênée pour écrire lors de son dernier contrôle. Lanvin s'assit et observa sa maitresse ouvrir la fermeture éclair de l'objet qu'il venait de lui apporter. Elle plongea la main dans à l'intérieur. Ses doigts rencontrèrent un morceau de papier plié. Un instant, elle se figea. Elle pensa à l'image qu'elle avait brûlée quelques heures plus tôt.

*Et si elle était revenue ?*

Le chien poussa un bref aboiement d'encouragement qui convainquit l'adolescente de déplier le papier. Elle ressentit un soulagement infini lorsqu'elle vit qu'il ne s'agissait que d'un mot. Et éclata de rire lorsqu'elle en découvrit toutes les fautes d'orthographe.

« Je suis sûre que tu écris mieux que lui », dit-elle à son chien.

***

Quelques amis de Tiffany vinrent sonner au compte-goutte en l'espace d'une demi-heure. Les présentations précédaient les silences embarrassés. Marie, Léa et Julie observaient timidement ces inconnus que Tiffany accueillait avec l'hystérie des retrouvailles. Puis tout un groupe arriva en fracas en même temps, et le bruit, la musique et l'alcool bon marché investirent l'appartement.

A trois stations de métro de là, Amaury passait une soirée beaucoup plus calme, ou presque, car Pauline avait invité sa meilleure copine à dormir et cela faisait une heure que les deux collégiennes piaillaient en continu à lui donner mal à la tête. Il avait toutefois repris des couleurs et l'appétit lui était revenu. Il fit réchauffer sa part du plat que Marietta leur avait préparé et revint au salon regarder Friends avec elles. Une sonnerie retentit en même temps que les faux rires de la série et Pauline courut décrocher le téléphone de l'entrée. Elle revint quelques secondes plus tard dans la pièce avec un ricanement perçant.

« Qu'est-ce qu'il t'arrive, t'es possédée ou quoi ? fit son frère. C'était qui ?
- C'est pour toi, je crois.
- Mais c'est qui ?
- Une fille. Dépêche toi, sinon elle va raccrocher.
- QUOI ?! »

Amaury s'éjecta du canapé. Les faux rires s'échappèrent à nouveau de la télévision, résonnant avec les vrais rires des deux gamines.

« Allô ?
- Alors c'est toi qui fait toutes ces belles fautes de français ?
- Oui, c'est moi ... »

*Quel con c'est pas vrai !* pensa-t-il aussitôt. *Mais si je dis que c'est pas moi elle va penser que c'est le mot de quelqu'un d'autre ou une blague. Donc la réponse est oui, évidemment, qu'est-ce que je pouvais dire d'autre, j'ai pas eu le temps de réfléchir ! Mais merde quand même, quel con ...*

« Alors je ne te félicite pas.
- Bon euh ... Peut-être, mais j'ai quand même fait ton contrôle de maths à ta place, on peut pas dire que tu sois surdouée non plus.
- Là tu m'as eue. »

Amaury ne savait plus quoi répliquer. De l'autre côté du fil, Olympe s'installa plus confortablement dans ce que ses parents avaient pompeusement baptisé la « salle de cinéma ». C'était un salon exigu et poussiéreux aux tapisseries rêches où trônait un immense écran cathodique surmonté d'un magnétoscope dernier cri de la dernière décennie. Une pile de cassettes de Louis de Funès récemment visionnées reposait sur un guéridon. Olympe avait mis *Les Enfants de la Télé* en sourdine pour passer ce coup de fil. Cette conversation inattendue était sans doute le moment fort de cette soirée passée au fond de la campagne, et cela lui faisait plaisir.

« Je viens seulement de trouver ton mot, pour la petite histoire. Ce qui veut dire que je n'ai pas dû ouvrir ma trousse pendant au moins vingt-quatre heures. Tu vois, ça en dit long sur mon assiduité. »

C'était cela, Amaury y voyait clair, enfin. Elle n'avait tout simplement pas vu son mot avant. Désormais, il fallait d'urgence lancer une conversation. *Sinon je vais encore avoir l'air con.*

« T'es là ? demanda-t-elle.
- Euh ... Oui oui. Et sinon ? Tu fais quoi dans ... »

*Dans la vie ?* Question débile. *Ce soir ?* Intrusif.

« ... tu fais quoi ce week-end ? »

Il comprit vite que pour des raisons logistiques évidentes ce ne serait pas ce samedi qu'il pourrait l'inviter dans un café. Mais cependant, la conversation fut entamée.

\*\*\*

« C'est nul, on connait personne ... » souffla Léa à Julie.

Les filles faisaient tapisserie, assises côte à côte sur une méridienne. Une nuée de lycéens survoltés qu'elles n'avaient jamais vus beuglaient, fumaient des joints et buvaient beaucoup. Le volume d'une compilation de techno poussée au maximum ne parvenait pas à recouvrir le vacarme qui sévissait dans le double séjour. Julie et Léa buvaient leur Corona au goulot en boudant et Marie se tenait bras croisés tout au bord, le visage fermé. Seule Tiffany semblait y trouver son compte, ravie de faire la fête avec ses anciens camarades malgré sa mine épouvantable.

« On dirait qu'elle est droguée, dit Léa.
- On dirait surtout que tout notre lycée et mort est qu'on a été remplacé par d'autres, ajouta Julie.
- C'est morbide ton histoire. »

Julie leva les yeux au ciel et quitta le canapé pour aller s'incruster auprès d'un groupe pour demander une cigarette.

« Elle a raison, dit Léa. Il faut aller s'intégrer, tu viens ? »

Marie la suivit sans conviction et fit une halte devant le dessus de cheminée où elle se versa un fond de Manzana dans un gobelet en plastique qu'elle but d'un trait. Elle jeta un œil à Léa qui avait déjà enclenché une conversation avec un groupe et se servit un verre de cidre avant de la rejoindre.

Loin de tout tumulte, chacun chez soi de l'autre côté du combiné, Amaury et Olympe bavardaient à bâtons rompus. Il était question des aléas du lycée, de programme télévisés, de musique, de cinéma, d'ambitions, de voyages et de sport. Il n'était question de rien d'autre. Rien qui ne fut désagréable.

\*\*\*

La musique était trop forte. Marie avait la tête qui tournait. Elle avait bu, quelques fois, elle savait qu'elle ne tenait pas l'alcool, que son organisme ne s'y était pas encore habitué comme ceux des adultes. Comment ses parents pouvaient-ils boire du vin tous les soirs sans finir ivres morts ? *Le deuxième verre de Manzana était de trop. Ou alors, c'était la Manzana, le problème ?* Sa mère l'avait prévenue. Elle était psychologue, elle savait tout sur tout et Marie avouait volontiers qu'elle avait assez souvent raison. *On ne pourra pas t'empêcher de boire, tu vas vouloir faire tes expériences, soit. Mais dans ce cas, la seule chose que je te demande, c'est de ne pas boire n'importe quoi. Vous les jeunes, vous achetez de la piquette immonde et vous faites des mélanges improbables. C'est dangereux et mauvais pour la santé. Alors limite-toi à la bière ou au vin et ça ira, rien d'autre pour l'instant.* Elle aurait dû l'écouter cette fois. Ses tempes bourdonnaient. Ou peut-être était-elle encore fiévreuse. Elle ne savait pas. *Mais quelque chose ne va pas.*

Elle se sentait avancer au ralenti, elle se faufila entre les invités bruyants, se glissa entre eux pour atteindre le couloir. *Hey Marie qu'est-ce que tu fais ?* Elle n'entendait qu'à peine et continua à avancer sans répondre, cela mobilisait toutes ses forces. Elle atteignit le couloir et tâtonna les murs jusqu'à la salle de bains. Se passer de l'eau fraiche sur le visage était devenu une urgence. Elle ouvrit la porte de la petite pièce couleur saumon. Quelques gobelets remplis de mégots mouillés trainaient au milieu des flacons en plastique et des pots en verre. Et à quelques pas, agenouillée sur un tapis de bain, Léa gisait, la tête dans la cuvette des toilettes. Marie chancela.

« LÉA !!! »

Son amie de bougeait pas, ses cheveux dispersés sur les rebords en bois. Marie sentit ses jambes défaillir, elle s'assit très vite sur le rebord de la baignoire pour ne pas tomber. Elle prononça encore le nom de son amie d'une voix affaiblie mais ne reçut aucune réponse.

Puis il y eut un gloussement. Un rire gras porté par l'écho d'une caverne. Marie écarquilla les yeux. Léa riait, la tête dans les toilettes. La seconde suivante, l'adolescente se redressa et renifla, puis rit encore un peu et s'essuya la bouche dans le coude.

« Ah t'es là ... dit-elle à Marie en la fixant de ses yeux larmoyants.
- Tu m'as fait une de ces peurs ! J'ai cru que tu étais morte.
- T'es con, bien sûr que non ! J'ai juste vomi. J'ai fumé et ... et voilà le résultat. »

Elle considéra la mine pâle de Marie en silence. Ses bracelets dorés cliquetaient contre le rebord des toilettes.

« T'as pas l'air bien toi non plus. Qu'est-ce qu'il t'arrive ?
- Je crois que j'ai trop bu ... J'ai pas ... je crois que j'ai pas tous mes esprits. Ça tourne, tout bouge.
- Ouais, je vois de quoi tu parles ... »

Léa eut un bref ricanement éthylique puis s'évertua à remettre ses cheveux en ordre avec des gestes désynchronisés. Un clapotis raisonna au fond de la cuvette. Léa y jeta un œil et se figea.

« Viens voir ça ...
- Sans façons merci.
- Non non, je te jure viens voir ... »

Marie s'avança à contre cœur. Elle progressa lentement pour ne pas perdre l'équilibre et s'arrêta lorsque le bout de sa chaussure vint cogner dans le genou de son amie. Elle émit un râle pour s'excuser et se pencha au-dessus de la cuvette.

« Regarde ».

Tout au fond de l'eau, sous les résidus d'aliments régurgités se trouvait une masse compacte de la taille d'une balle de tennis. Une chose rouge qui ressemblait à un énorme caillot gélatineux. Marie eut un violent frisson de dégout.

« C'est toi qui ... je veux dire, tu as vomis ce truc là ?
- Ouais ... C'est bizarre non ? Je veux dire... c'est pas ma première cuite mais là...c'est pas super normal quoi. »

Et le caillot remua dans l'eau. Il se contorsionna légèrement, s'étira et éclaboussa la faïence.

« On dirait que c'est vivant, dit Léa, la voix hagarde. C'est un gros délire ... »

Marie était paralysée de terreur. La chose bougeait comme le morceau de viande du feuilleton. Le caillot de sang se boursouflait et se rétractait. Cela se tordait, puis dépliait sa matière écœurante. Marie finit par pousser un cri aigu et tapa sur le bouton. De l'eau claire inonda la cuvette et l'horrible chose fut prise dans le tourbillon, Léa cria à son tour. Un instant plus tard, il n'y avait plus rien dans les toilettes. Les deux adolescentes se firent face, ahuries.

« C'était quoi ce truc ? fit Léa à bout de souffle.
- Je ne sais pas. »

Léa se releva avec peine. Marie l'aida à se hisser sur ses jambes. Elles chancelaient toutes les deux.

« Marie, je ne sais pas ce qu'il se passe en ce moment. Mais là, je commence à flipper. C'est pas les virus de l'hiver. C'est autre chose. »

Marie ne trouva la force que d'acquiescer. Le son de la musique bourdonnait dans le salon.

« Ce truc, là ... poursuivit son amie. Le dessin bizarre qu'on a tous trouvé dans nos affaires. Je suis sûre que c'est à cause de ça. Comment c'est arrivé là ? Personne ne sait, personne n'a rien vu. Je l'ai jeté, moi. Il y a deux jours. Je l'ai déchiré et jeté dans une poubelle devant une bouche de métro. Et tu vas dire que je suis folle, mais le soir-même, il était encore dans mon sac. Ce n'est vraiment pas net. Ce dessin n'est pas net. Ce n'est pas juste une peinture. Je suis sûre que c'est autre chose. »

Léa s'arrêta et fondit en larmes. Marie lui passa un bras autour des épaules. Son amie divaguait, et cela la mettait mal à l'aise.

« C'est quelque chose qui veux nous prendre », articula Léa entre deux sanglots. Marie la berça tant bien que mal malgré la tête qui lui tournait.

« Chuuuut ... Tu racontes n'importe quoi, dit-elle tout bas.
- Je vais demander à mon frère de venir me chercher en voiture », se contenta de répondre son amie.

Léa s'écarta en reniflant fort.

« Tu veux qu'il te dépose chez toi aussi ? »
Marie acquiesça.

« Viens, Tiffany a un téléphone dans sa chambre ».

Elles entrèrent dans l'antre de leur amie au fond du couloir. Une montagne de manteaux gisait sur le lit. Des casques de scooters semés sur la moquette mauve. Léa s'empara du téléphone posé sur la bibliothèque et composa le numéro de chez elle.

Marie observait la pièce comme au musée. Elle s'y était trouvée une fois ou deux, mais jamais assez longtemps pour l'étudier en détail. Une grande porte fenêtre donnait sur un balcon qui courrait sur tout l'appartement. Les murs étaient recouverts de posters de groupes divers, tant et si bien qu'il ne subsistait plus un centimètre carré de papier peint encore visible.

Et entre ACDC et les Spice Girls était affiché le cœur en grand format.

\*\*\*

Le frère de Léa jeta un œil perplexe dans le rétroviseur de la Renault dotée du gros autocollant « A » à l'arrière.

« Vous êtes bien calmes les filles ce soir. D'habitude ça piaille à mort. Là, rien. Mauvaise soirée ?
- Ouais », répondit sa sœur avant de fermer les yeux.

Quant à Marie, assise de l'autre côté de la banquette, elle se borna à regarder passer les gens dans la rue, les fenêtres éclairées, les reflets des feux dans les flaques d'eau comme si tout était normal.

Comme si rien n'avait changé.

« Pour une fois que tu respectes un couvre-feu ! » s'étonna son père en levant la tête du Figaro.

Pour une fois, à la grande surprise de ce dernier, Marie ne fila pas s'enfermer dans sa chambre. Elle se débarrassa de son manteau et alla s'assoir sur un fauteuil à côté de lui. Elle saisit une revue d'économie sur le tas de magazines qu'elle fit semblant de lire juste pour rester à côté de lui. Hubert reposa son journal.

« Ça ne va pas mon poussin ?
- Si si ... Maman dort déjà ?
- Oui. Tu veux que j'aille la réveiller ?
- Non, pas la peine. »

Le dentiste marqua un temps de réflexion. Il sentait bien que sa fille n'était pas dans son assiette mais il n'était pas doué pour la faire parler. Ni pour parler tout court. Il laissait ça à son épouse car ce n'était définitivement pas son point fort. Lui, c'était les dents et rien d'autre. Alors il repoussa son journal et s'éclaircit la gorge.

« Tiens, j'ai enregistré *Mister Bean* dimanche dernier ! Tu veux qu'on le regarde ? ».

Marie acquiesça, et sourit pour la première fois depuis le début de la soirée.

Elle finit par s'endormir au cours d'un sketch dans lequel le comique anglais semait la pagaille dans un grand magasin. Son père vient lui ébouriffer les cheveux en déclarant qu'elle dormirait mieux dans sa chambre. Elle traîna des pieds jusqu'à son lit et se rendormit aussitôt.

A la seconde où Marie sombra dans le sommeil, Olympe et Amaury raccrochaient le téléphone pour aller dormir à leur tour.


### SAMEDI

Marie se réveilla avec le jour pale qui filtrait par les rideaux restés ouverts. Amaury, à cause de sa sœur et son amie qui avaient décidé d'inventer des chorégraphies dans le salon juste après le petit déjeuner. Encore en pyjama, les filles se dandinaient sur les clips de la sixième chaine. Quant à Olympe, ce fut Lanvin, envoyé par ses parents réveiller la jeune fille. Cette dernière s'étira avant de jeter un œil au ciel gris. Le crachin arrosait la campagne. Au même moment, des trombes de pluie se mirent à battre Paris.

Chacun se leva de bonne humeur, bercé d'un étrange sentiment de sérénité, comme si un cauchemar persistant s'était effacé pour toujours. Et jamais plus ne reviendrait les harceler. Chacun quitta son lit en savourant ce matin avec délice.

Il ne faisait aucun doute, ce matin-là, qu'ils ignoraient que la plupart de leurs amis, leurs camarades ou simples connaissances de lycée qu'ils croisaient tous les jours, ces visages familiers ou non.

Ils ne savaient pas que la plupart d'entre eux avaient disparu la nuit dernière.

\*\*\*

« Aïe ! Il fait un temps à rester chez soi », remarqua la mère de Marie en regardant par la fenêtre à l'heure du déjeuner. Sa fille jeta un œil au dehors. Elle s'empressa de finir son assiette pour aller s'emparer du Pariscope. Le cinéma lui paraissait la seule option envisageable pour ce samedi après-midi. Elle composa le numéro de Léa qu'elle connaissait par cœur mais n'obtint pas de réponse. *Elle doit avoir la crève.* Elle alla chercher son agenda, rabattit les pages en évitant avec soin celle de l'autocollant jusqu'au répertoire puis composa le numéro de Tiffany. La tonalité sonna dans le vide. *Elle doit dormir encore. Pas de bol.* Elle tenta trois autres numéros avec le même résultat et réessaya de joindre Léa en vain. *Ce n'est pas vrai.* Finalement, elle décida d'appeler Emilie, une vieille copine d'équitation qui vivait trois rues plus loin. Elle répondit d'une voix enjouée qu'elle serait ravie d'aller au cinéma.

Olympe se couvrit, enfila une grosse écharpe et des bottes en caoutchouc et annonça qu'elle sortait se promener si fort qu'elle s'en écorcha la voix. Elle sortit du manoir et Lanvin se jeta à sa poursuite sitôt qu'elle eut atteint le sous-bois.

Amaury arriva trempé et essoufflé au terrain de foot du boulevard Lannes. Ses copains lui avaient donné rendez-vous à quatorze heures trente mais il s'était retardé d'un bon quart d'heure en sortant sans ses clés. Il avait dû revenir sur ses pas et attendre que sa sœur se décide à lui rouvrir la porte. Cela ne lui arrivait jamais d'ordinaire. Pourtant l'adolescent avait la tête ailleurs depuis son réveil. Le coup de fil inespéré d'Olympe la veille l'avait plongé dans un état qui avait considérablement ralenti le cours de ses pensées. Olympe y occupait désormais toute la place. Il cessa de courir à l'approche du stade car ses copains avaient dû commencer à jouer sans lui. Il s'empressa de déposer son sac de sport dans les vestiaires et couru sur le terrain mouillé.

« C'est pas trop tôt ! »

Soudain, il lui parut inutile de se presser. Il ralentit et rejoignit le centre de la pelouse en marchant. Il n'était pas le seul à être en retard. Il n'y avait que cinq camarades du lycée d'à côté.

« Y a une épidémie chez vous ou quoi ?
- Il parait, oui. Mais merde, je savais pas que c'était à ce point. Comment on va faire?
- On va jouer en équipe réduite. Pas le choix. »

Emilie était déjà devant le Gaumont des Champs Elysées lorsque Marie la rejoignit. Cette dernière, campée sous un grand parapluie, faillit ne pas la reconnaître. La puberté avait fait pousser son amie de dix centimètres en l'espace de quelques mois.

Elles progressèrent dans la file d'attente en se racontant les mois passés et prirent leurs tickets pour *Mulan*. Le contraste amusa Marie. Elles grandissaient mais persistaient à aller voir des films de Walt Disney. Cela ne l'amusa qu'une minute ou deux. Car elle savait que voir un film pour enfant la rassurait. Cette régression était confortable, accueillante, comme la promesse de ne pas vieillir trop vite. La certitude de ne pas mourir trop tôt.

Tandis que film de Disney commençait, à deux cent kilomètres de là, Olympe s'enfonçait dans la forêt, Lanvin sur ses talons. Le chien marchait dans ses pas en reniflant les champignons. De temps en temps il arrachait un morceau de mousse, jouait avec, puis le recrachait avant de galoper vers sa maitresse. L'adolescente avançait le sourire aux lèvres en respirant profondément. Elle pensait à Amaury, aux heures qu'ils avaient passé à rire au téléphone jusqu'à tomber de fatigue. Ils avaient promis de se rappeler le soir même, et elle avait hâte de l'entendre à nouveau. Ils avaient encore des milliers de choses à se raconter.

Elle entreprit l'ascension d'une côte escarpée et regarda en bas. Le chien s'était assis. Il avait l'habitude de courir comme un perdu dans cette montée, puis de se laisser glisser en roulant jusqu'en bas. Mais pas cet après-midi là.

« Lanvin !? Viens mon chien, vite !! »

Le berger allemand resta assis. Il scrutait sa maitresse d'un œil inquiet. Olympe l'appela une seconde fois. L'animal demeura immobile. Olympe hésita. S'il refusait d'avancer, elle ne voulait pas continuer à se promener sans lui. Elle allait devoir faire demi-tour. Et Lanvin se mit à grogner. Des grondements sourds et menaçants s'échappaient de sa mâchoire fermée. Ses yeux noirs fixaient quelque chose derrière la jeune fille.

« Qu'est-ce qu'il t'arrive enfin? » fit-elle en se retournant.

Derrière elle, la forêt se faisait plus obscure. Il n'y avait rien que des arbres, des banchages gisant au milieu des feuilles humides et un brouillard stagnant au ras du sol. Olympe fit de nouveau face au chien et frappa dans les mains.

« Allez mon chien !! »

Elle sentit les feuilles frémir derrière elle. Lanvin grogna de nouveau. Soudain lui apparut une évidence. Elle se retint d'uriner sur elle. Il n'y avait là aucune anomalie qu'elle put voir ou entendre. Mais elle sut, en cet instant, que quelqu'un l'observait.

Elle commença à courir.

\*\*\*

Sur les Champs Elysées, Marie, calée dans son fauteuil rouge, se sentait hors de danger, hors du temps, bercée par les mélodies du film, à l'abri de la pluie et de la réalité. Elle sentait tous ses muscles se détendre.

Amaury courrait après le ballon sans conviction. Il ne parvenait pas à se concentrer. A cause d'Olympe. A cause de ses amis absents. Cet après-midi là, rien n'était fluide à part la pluie.

L'équipe bancale fit une pause pour se désaltérer. Amaury but à grandes gorgées et s'essuya le menton. *Ressaisis-toi, tu ramollis complètement là.* Il reprit son souffle en observant ses copains s'étirer et blaguer entre eux, puis parcourut le stade des yeux. Tout lui semblait vide, désert. Son regard s'arrêta vers l'autre côté du grillage surplombant le périphérique.

Amaury cligna les yeux, chassa la pluie qui gouttait sur ses sourcils. De l'autre côté du grillage, au loin, se tenait quelqu'un derrière les buissons. Il n'arrivait pas à le distinguer nettement. Mais l'individu ne bougeait pas. Il l'observait, tapis derrière la clôture de fer. *Merde, c'est pas vrai ...*

Il se souvint de ce Pauline lui avait raconté. Faute de gymnase dans son collège, les cours de sport de sa classe avaient lieu ici les jours de la semaine. Et il arrivait parfois que des hommes arpentant le Bois de Boulogne en imperméable douteux vinrent achever leur promenade de santé derrière les grillages du stade pour regarder des fillettes courir en short. L'un d'entre eux était connu pour avoir installé un ingénieux système de guirlandes dans l'envers de son manteau, qui clignotait sur son anatomie flasque lorsqu'il en ouvrait les pans. Parfois, un professeur de sport les surprenait pendant leur lèche-vitrine, mais les pervers avaient décampé avant même qu'il n'ait eu le temps de prévenir la gendarmerie du seizième arrondissement. Amaury frissonna de dégout et de colère. Cet individu était sans doute de ceux qui épiaient sa petite sœur.

*Connard de pervers.*

Il cogna de toute sa force dans le ballon en direction du grillage où se dissimulait l'intrus, sous les yeux stupéfaits de ses camarades de jeux.

« Amaury qu'est-ce que tu fous t'es malade !? »

Il se concentra sur la trajectoire de la balle. Celle-ci passa haut par-dessus le grillage.

Elle rebondit et disparut au-delà du stade. Raté. Et le voyeur avait eu le temps de disparaitre.

« Mec c'est n'importe quoi ton histoire ! Pourquoi t'as fait ça ?
- Vous n'avez pas vu le vieux dégueulasse qui venait mater derrière le grillage ?
- Non. Et on s'en tape. Il peut bien nous mater autant qu'il veut si ça l'éclate mais en attendant t'as perdu le ballon pour rien, il doit rouler sur le périph maintenant, merde !
- Je suis désolé, les gars. J'en ai un autre dans mon sac. Je vais le chercher.
- Ouais grouille toi ! »

Olympe détalait à toute vitesse entre les arbres dépouillés. Les semelles de ses bottes glissaient sur la terre humide. Lanvin lui ouvrait la voie au galop en se retournant chaque seconde pour surveiller la progression de sa maitresse. Elle ralentit sa course, le flanc transpercé d'un poing de côté.

« Aïïïe !! »

Lanvin aboya et courut en cercle autour de la jeune fille. C'est alors qu'elle entendit les pas bruissant lentement sur les feuilles. Des pas qui se rapprochaient en trainant. Ce ne fut dès lors plus qu'une simple une sensation. Il y avait quelqu'un derrière elle.

La panique la propulsa en avant. Elle se remit à courir. Et refusa de se retourner.

Marie se laissait bercer par la torpeur du cinéma et les odeurs de popcorn, suivant le film à moitié somnolente. Emilie avait soigneusement déposé le paquet de M&M's sur l'accoudoir entre elles. Marie les piochait avec parcimonie et laissait le chocolat fondre dans sa bouche tandis que son amie les croquait à grand bruit. Assoiffée par le sucre, Marie déboucha un Pepsi en faisant attention à la pression. Elle engloutit les bulles qui lui piquèrent la gorge en fixant l'écran.

D'un coup, elle manqua de s'étouffer. Elle écarta le goulot de ses lèvres. Des gouttes des sodas s'échappèrent du geste précipité et vinrent s'écraser sur son pantalon en velours. Ce n'était pas l'avidité avec laquelle elle avait englouti la boisson qui l'avait fait s'étrangler. C'était autre chose. Droit devant elle.

Dans le public plongé dans le noir, quatre rangées plus bas dépassait une tête d'adulte. La chose eut été normale, dans une salle de cinéma. La chose eut été normale, si cette tête qui dépassait eut été face à l'écran. Mais c'était Marie qu'elle regardait depuis l'obscurité, tournée vers elle à cent quatre-vingt degré.

La forêt qu'elle connaissait par cœur lui parut interminable. Cela faisait cinq minutes qu'elle détalait à n'en plus pouvoir, l'effort lui calcinait lui poumons. Olympe n'entendait plus les pas mais continuait à fuir guidée par son chien. S'il n'avait pas été là elle aurait couru n'importe où, affolée. Bientôt le manoir fut en vue. Elle dévala la moitié du sous-bois et s'arrêta. Elle se retourna, essoufflée. Elle ne voyait rien derrière elle. Rien ni personne.

*C'est ridicule. C'était surement un animal.*

Inquiet, Lanvin s'était assis et gémissait en l'attendant.

« Allez, soufflât-elle. C'était rien, on rentre. Mais doucement. »

Le chien obéit et l'escorta au pas vers la sortie des bois. La jeune fille boitait de douleur, la gorge incendiée. Elle toussa, cracha. Son pouls semblait sur le point d'exploser, le point de côté la lançait autant que ses chevilles. Elle avait hâte de se mettre à l'abri.

*J'aurais mieux fait de rester à la maison.*

Amaury regrettait d'être venu jouer. Il avait décidé d'y aller pour se défouler mais sans ses copains du lycée, le ballon perdu, la pluie glaciale et les pervers qui rôdaient autour du bois, cet après-midi était un fiasco. Il arrêta de jouer quelques minutes avant la fin. Il commençait à frissonner dans son maillot trempé et alla se poster sous un abri pour regarder ses camarades terminer le jeu.

*Sale semaine*, pensa-t-il en se frictionnant les bras. Il était épuisé par les cours, par le poids du sac qui lui détruisait le dos matin et soir, par le stress de ces foutus examens de plus en plus durs, par ce badge de merde qu'on avait fourré dans ses affaires, sans compter les devoirs, l'angoisse des microbes de l'hiver qui traînaient, sa chipie de sœur qu'il devait garder à l'œil. Puis il pensa à Olympe. Sans doute la seule chose qui en cette période, et surtout en cet après-midi là, avait le pouvoir de le faire esquisser un sourire.

La semaine s'achevait sur une réussite, malgré tout. Il avait réussi à aborder une des plus belles filles du lycée. Et il avait échappé à la gastro. *Beau gosse.*

Il croisa les bras, s'adossa au mur du bâtiment, la tête emplie de rêveries, tandis que ses copains se démenaient autour du ballon. Vue de loin, la balle avait l'air dégonflée. Les chaussures à crampons cognèrent dans quelque chose de flasque. *Il doit être crevé, fait chier* ... La séance était terminée. L'un des joueurs frappa un grand coup dans la balle.

« Attrape ! Merci mec ! »

Le ballon traversa la pelouse en diagonale en direction d'Amaury. Il roula avec un bruit humide, un bruit poreux. Il avait de loin l'aspect d'une grosse boule de gélatine. Les adolescents rejoignirent le bâtiment des vestiaires tandis que la balle continuait de rouler vers Amaury. De moins en moins sphérique. De plus en plus boueuse. Elle avait l'air lourde, trop lourde pour avancer. Elle roulait toute seule, poursuivait son chemin chaotique sur le gazon en direction de l'adolescent pétrifié. Ce n'était pas un ballon. C'était un énorme caillot de sang.

Amaury manqua de vomir. Il fixa cette chose obscène qui s'immobilisa entre ses deux pieds. Il suffoqua d'effroi, senti la bile lui remonter l'œsophage.

Puis il courut jusqu'aux vestiaires.

« Marie ?! Marie, ça va ? » chuchota vivement Emilie en secouant son amie par l'épaule.

Marie gardait les yeux écarquillés, tétanisée par le visage qui lui faisait face dans l'obscurité.

« Marie qu'est-ce qu'il t'arrive ? Réponds moi tu me fais peur. »

La jeune fille tourna son visage blême vers celui de son amie et pointa un doigt tremblant vers l'ombre qui l'espionnait.

« Quoi ? Qu'est-ce qu'il y a ? Marie qu'est-ce qu'il t'arrive enfin !?
- Ça …
- Montre moi ! Je ne vois rien ! »

Marie ferma fort les yeux pour se donner la force de regarder. Elle désigna le crâne chevelu d'un spectateur qui, comme tout le monde, regardait l'écran. Marie poussa un soupir.

« De qui tu parles ?
- De rien. Rien du tout. J'ai juste avalé de travers, soufflât-elle en pointant la bouteille du doigt. »

Marie n'avait pas l'air rassurée pour autant.

« Tu es sûre que ça va ?
- Oui oui je te jure ».

Emilie trouva cela bizarre mais ne s'en inquiéta pas plus loin que quelques secondes. Elle s'adossa de nouveau à son siège et repris le cours du film.

Amaury fit irruption dans les vestiaires, l'air affolé. Ses amis se rhabillaient, heureux d'enfiler des vêtements secs. Ils cessèrent aussitôt leur chahut.

« Ça va pas Amaury ?
- Hein ?
- T'es pâle comme un cadavre. On dirait que t'es mort et que t'es sorti prendre l'air. Et t'as oublié ton ballon.
- Euh... Oui. Il est crevé. Faut que je file. »

Il attrapa son sac de sport qu'il jeta sur son épaule. Il disparut la seconde suivante sous les yeux ahuris de ses copains.

« Qu'est-ce qui lui prend ? Il est bizarre lui aujourd'hui.
- Et il va attraper la crève du siècle en partant trempé comme ça.
- Ouais, je pense que lui non plus on le verra pas se pointer la semaine prochaine. »

\*\*\*

La température ambiante monta de vingt degrés à la seconde où Olympe franchit le hall du manoir. Des feux avaient été allumés dans toutes les cheminées du rez-de-chaussée, et le nouveau chauffage par le sol fonctionnait à merveille. Elle déchaussa ses bottes sur le carrelage et les échangea contre ses baskets sèches. Lanvin se secoua et renifla avec avidité en suivant Olympe à travers les pièces. Des effluves de brioche traversaient toute la galerie. La jeune fille suivit l'odeur et la joyeuse cacophonie de voix et de piano qui l'accompagnait. Le genre de bruits et de parfums qui indiquait que ses parents recevaient des amis pour le thé.

Elle se faufila dans le salon où se dressait un buffet de viennoiseries chaudes et de thé fumant dans de vieilles porcelaines. Elle traversa la pièce si discrètement qu'aucun adulte ne s'était encore rendu compte de sa présence, noyés qu'ils étaient dans leurs bavardages. Moins discret, Lanvin entama une tournée de caresses et de compliments. Olympe avait repéré un seau à Champagne et des coupes de cristal sur le bord de la grande table. Elle eut le temps de se servir et d'avaler sa coupe d'un trait pour se remettre de toute cette frayeur. Puis, enfin à découvert, on vint lui pincer les joues, lui dire qu'elle avait grandi, lui demander où elle en était dans la vie, l'inviter dans d'autres maisons de Normandie pour retrouver des camarades de son âge le week-end.

Elle se sentait beaucoup mieux.

Amaury se déshabilla dans le couloir de l'entrée. Il mit un temps infini à se débarrasser de ses vêtements gorgés d'eau qui collaient à sa peau glacée. Il se sécha dans une grande serviette chaude qu'il attrapa sur le radiateur de la salle de bains. L'appartement était vide. Pauline n'allait pas tarder à revenir de chez une énième copine, son couvre-feu était fixé à dix-sept heures.

Alors il fit ce pour quoi il s'était autant dépêché. Ce qui lui avait fait quitter le stade et foncer dans le métro avant même de se changer. Il fit ce qu'il aurait dû faire depuis longtemps avant d'attendre de craquer.

Il se mit à pleurer.

Marie et Emilie se tenaient sous le parapluie devant le cinéma. Le jour commençait à tomber.

« Ma mère vient me chercher, annonça Marie. Tu veux qu'on te dépose en chemin ?
- Non, je dois rejoindre des amis au Virgin. Dis à ta mère que tu viens avec nous, ils sont très sympas ».

N'importe quel autre jour, Marie aurait accepté avec joie. Elle adorait rencontrer des gens, d'habitude. Mais ce samedi, elle n'avait pas le cœur à cela. Pas plus que la veille au soir.

« Non, c'est gentil ... Je vais rentrer.
- Tiens c'est pas la voiture de ta mère qui klaxonne là-bas ?
- Oui c'est elle ! Je dois filer. C'était sympa de te voir, ça faisait longtemps.
- On devrait faire ça plus souvent.
- Promis. »

Elle avait prononcé ces mots d'une voix grave, anachronique dans la conversation. Elle adressa un faible sourire à son amie et courut sous la pluie jusqu'à la voiture.

La Place de l'Etoile était embouteillée. Les essuies glaces couinaient sur le pare-brise embué. La mère de Marie enfonça le klaxon.

« Bouge connasse ! C'est pas vrai on peut plus circuler dans cette ville ! ».

Le Champagne et les babillages mélangés aux notes de piano du mange disque embuaient la tête d'Olympe d'une douceur rassurante. Les mèches échappées de sa queue de cheval durant sa course folle retombaient à présent sur ses joues rosies par le feu de bois tandis qu'elle se gavait de brioches.

Une femme dotée d'un fort accent américain et d'un atroce pull en laine vint lui demander si elle comptait accompagner ses parents au dîner de Thanksgiving qu'elle donnait le soir même de l'autre côté du village. Olympe réfléchit un instant. Elle envisagea avec délice l'idée de la dinde et des gâteaux à la cannelle et se souvint qu'Amaury lui avait promis de l'appeler le soir-même. C'était plus important. Elle refusa poliment.

« L'année prochaine, alors.
- Promis. »

La porte claqua dans un fracas métallique. Pauline était rentrée. Amaury se passa de l'eau fraiche sur le visage. Les larmes de nerfs s'étaient vite taries mais lui avaient laissé les yeux écarlates. Il s'épongea, renifla et força un sourire face au miroir. Et bien que ce sourire sonna faux, le jeune homme se sentait mieux.

Pauline enlevait les couches de vêtements dans lesquelles elle s'était enroulée pour s'aventurer dehors. Elle sursauta quand elle aperçut son frère.

« Tu m'as fait peur à arriver comme ça sans bruit ! Ahah c'est quoi ces yeux rouges !? T'as fumé avoue !
- Oui c'est surement ça, ironisa-t-il. Toi tu as vu l'heure en revanche ? Tu as un quart d'heure de retard ma vieille.
- On s'en fiche, dit-elle en se hissant sur la pointe des pieds pour accrocher son anorak au porte-manteau. C'est quoi le programme ce soir ? Non oublie je sais déjà : tu vas passer la soirée enfermé dans ta chambre à réviser comme d'hab.
- Pas si tu ressors nous chercher un film au vidéoclub. Si tu acceptes la mission, moi je m'occupe de commander des pizzas.
- OUAIS !!! » hurla-t-elle.

A voir sa petite sœur exulter ainsi, le sourire lui revint. Pour de vrai cette fois. C'était juste une sale semaine.

La voiture progressait par à-coups sur les pavés de l'avenue Foch. Quand le feu passa au rouge pour la troisième fois sans qu'elle n'ait eu l'occasion de le dépasser, la mère de Marie cessa de pester et reposa les mains sur le volant. Elle se tourna vers sa fille qui contemplait en silence un point inexistant.

« Ça ne va pas ma chérie ?
- Si, si, ça va … » lâcha-t-elle sans quitter la route des yeux.

Elle avait envie de parler mais ne savait pas comment formuler ce qui la préoccupait. Tout cela semblait trop irrationnel. Et sa mère aurait vite fait de mettre cela sur le compte des bouleversements de l'adolescence, case dans laquelle elle s'empressait de ranger sa fille chaque fois qu'elle en débordait. Elle comptait parler, néanmoins. Tant pis si cela paraissait fou. Elle se sentait en danger et le rôle de ses parents étaient de la protéger, peu importait que la menace fut absurde ou informulable. Alors elle prit son élan avant la parole, mais sa mère parla la première.

« Tiens au fait, avec ton père on sort ce soir, j'ai oublié de te prévenir. Un dîner très intéressant avec des professeurs que j'ai rencontré à ma dernière conférence, tu sais, celle sur le dialogue entre parent et adolescent. Ça ennuie profondément ton père mais bon, tu le connais, lui du moment qu'il y a à manger !...
- Ça marche.
- Tu es sûre que ça va ? Tu allais me dire quelque chose ?
- Non, c'est bon. »

Marie était excédée, coupée dans son peu d'élan. Elle n'avait plus envie d'essayer d'expliquer, sa mère était trop égoïste pour s'attarder sur son cas. *Dialogue mon cul.* Avec sa mère, la psychologie n'était qu'un concept théorique qui lui rapportait de quoi s'acheter des sacs et des chaussures. Quand il s'agissait d'écouter sa fille, dans la pratique, les choses étaient beaucoup moins fluides, de dialogues de sourd en sermons récités par cœur. *C'est toujours moins fluide quand c'est gratuit.* Quant à son père, il ne comprenait rien. La jeune fille se résigna. Après tout, si elle avait envie de parler, elle le ferait avec ses amies. Elles au moins l'écoutaient sans contreparties désagréables.

Elle monta le son de l'autoradio pour couvrir le concert de klaxon.

\*\*\*

« On y va, on sera de retour vers minuit. Ça va aller ma chérie ? »

Olympe acquiesça. Sa mère acheva de boutonner son manteau et lui imprima une trace de rose à lèvres sur le front. Quelques instants après, elle entendit la voiture s'éloigner de la propriété. Le pendule posé sur la cheminée indiquait seulement vingt heures.

Amaury consulta sa montre. Il était pressé d'appeler Olympe, mais il était une heure et demie trop tôt. Ils s'étaient accordés sur vingt et une heure trente, juste après dîner, et les pizzas venaient d'arriver. Le salon embauma le fromage fondu sitôt les boites en cartons ouvertes sur la table. Lorsqu'il demanda à sa sœur ce qu'elle avait loué au vidéoclub, elle brandit *Pour le pire et le meilleur* sous les yeux.

« Super choix !
- Je sais je suis la meilleure. »

Au moins le temps allait passer vite.

Marie avait tenté de joindre Léa mais le téléphone avait persisté à sonner dans le vide. Elle avait composé les numéros de chacune de ses amies du lycée. Personne n'avait décroché.

Elle avait fini par échouer dans le salon avec une pile de magazines, son journal intime et un cheeseburger réchauffé au micro-ondes. Puis elle avait zappé jusqu'à s'arrêter sur X-Files.

Olympe regardait le même programme, seule avec le chien dans le manoir. Elle caressait la tête de Lanvin, allongée sur le canapé dur. Un courant d'air glacial traversa les pièces, comme si l'édifice était parcouru d'un frisson. C'était courant en novembre, d'entendre le vent hurler sur les vieux murs.

*\*\*\**

« Pourquoi tu gigotes comme ça t'as envie de pisser ou quoi ? demanda Pauline.
- Non non …
- T'attends un coup de fil de ta chérie c'est ça ?
- N'importe quoi !
- N'importe quoi », mima sa sœur avec une grimace.

Amaury s'agitait à mesure que les minutes défilaient. Il avait prévu de téléphoner à Olympe avec trois minutes de retard. *Si j'appelle pile à l'heure je vais passer pour un bouffon.* Il fit de nouveau le calcul. Le compte à rebours était fixé à cinq minutes, et il allait devoir abandonner Pauline avant la fin du film. *On l'a déjà vu trois fois, elle s'en remettra.*

Une douleur sourde se diffusa dans son ventre. *Non, pas encore.* Il espéra de toutes ses forces qu'il s'agissait là d'un léger spasme sans conséquences. Il attendit que cela passe. Puis une contraction brûlante lui traversa les entrailles. *C'est pas vrai !*

Scully et Mulder firent une pose dans leurs enquêtes sur les extra-terrestres le temps de la publicité. Marie en profita pour aller chercher du coca dans la cuisine et commencer à feuilleter le dernier numéro du *20 ans*, vautrée sur le tapis du salon. Elle tournait les pages à la recherche d'un article intéressant. A mesure qu'elle froissait le papier glacé, le bruissement sonnait plus bruyant que d'ordinaire. Elle ralentit le mouvement et tourna lentement une nouvelle page en tendant l'oreille. Au bruit, c'était comme si elle avait tourné cinq pages au lieu d'une. Comme si quelqu'un d'autre tournait des pages dans la pièce. Elle se redressa sur ses genoux à l'affut du bruit qui venait d'ailleurs. Elle s'étrangla d'effroi lorsqu'elle en identifia la provenance.

Sur la petite table où trônait le téléphone du salon, les pages de son agenda tournaient toutes seules. Cela cessa d'un coup, et le cahier de texte resta ouvert.

« C'est l'heure de mon coup de fil ! » claironna Olympe en frottant les oreilles du chien. Lanvin, bien qu'ignorant de quoi il s'agissait, battit la queue et fit un tour sur lui-même pour partager sa joie. Olympe battit des mains, Lanvin fit un autre tour et s'arrêta, l'expression anxieuse, oreilles dressées.

« Lanvin ? Qu'est-ce qu'il y a ? ».

Le chien gémit en regardant partout autour de lui. Puis il aboya. Il y eut un bruit étouffé et lourd, quelque part dans le château. Olympe bondit sur ses pieds et jaillit hors de la pièce.

Il y avait quelqu'un dans la maison.

\*\*\*

Amaury courut jusqu'aux toilettes. La douleur irradiait jusqu'au bas du dos, brûlante, insupportable. Il claqua la porte de la pièce étroite juste à la seconde où il aurait dû appeler la fille à qui il pensait depuis des jours. *Comme quoi, le destin ...*

Marie avança d'un pas. Ses mouvements étaient raides, son corps entier hérissé de peur. Elle hésita, puis avança encore, glacée. Elle s'arrêta à un pas de la table. Sous la lueur d'un abat-jour, l'agenda ouvert ne bougeait plus, figé à la page où Marie avait appliqué l'autocollant en forme de cœur bizarre par-dessus d'anciennes notes.

L'autocollant avait disparu. La page était intacte, comme si Marie ne l'avait jamais collé dessus. Comme si le cœur adhésif n'avait jamais existé.

*C'est pas possible ...*

Le faible son de la télévision bourdonnait dans la pièce, l'écran projetait une lueur maladive sur les murs. Marie se frictionna les bras. Elle voulait sortir d'ici, claquer la porte et courir dans la rue, demander de l'aide. De l'aide sans objet, une lutte incohérente. Mais quelque chose n'allait pas.

Et comme pour le bruissement des pages, un autre bourdonnement étranger vint se joindre à celui du téléviseur. Le cœur de Marie se mit à cogner dans sa poitrine à lui faire mal. Elle ne voulait pas se retourner. Elle voulait que tout cela s'en aille, peu importe ce que c'était. Elle pivota lentement la tête.

Le mur à sa gauche avait enflé. Une boursouflure géante et filandreuse qui respirait. Une forme rouge violacée qui c'était trouvée plus tôt dans les pages de son agenda. Un cœur géant aux chairs dénudées qui palpitait, accroché au mur.

Marie hurla.

Olympe courut de pièce en pièce. Lanvin s'était enfui dans le jardin. Il avait détalé hors de vue dans l'obscurité du parc. Elle ne savait pas où était tapie la menace mais avait la certitude absolue qu'elle l'observait, qu'elle pouvait la voir de partout. Elle traversa un vestibule et se dissimula en tremblant derrière un portemanteau surchargé de vieux duffle coats. Elle tenta de calmer ses suffocations affolées pour mieux entendre. *Respire, respire lentement.*

Pas un bruit. L'édifice entier semblait dormir. Même le bois avait cessé de jouer ses grincements solitaires. Olympe attendit, tapie derrière les manteaux. *Lanvin doit être loin, maintenant. Peut-être qu'il a poursuivi l'intrus dehors pour le chasser. Si ça se trouve, il n'y a plus personne ici. Lanvin ne m'aurait jamais abandonnée.*

Elle se souvint que son père gardait un fusil de chasse dans la vieille armoire normande sous l'escalier. Elle n'avait qu'une pièce à traverser sur la pointe des pieds pour aller le chercher.

*Bonne idée.*

Elle ne savait pas s'en servir. Mais elle pensa que cela pourrait avoir un effet dissuasif.

\*\*\*

Amaury entendit un cri étouffé.

« Pauline ?! »

Il était assis sur les toilettes et il lui était techniquement impossible de s'en relever dans l'immédiat. Il appela de nouveau en criant plus fort. Il mit cela sur le compte des choses qu'il ne comprenait pas chez sa sœur. Parfois les filles crient pour rien, c'est chiant mais c'est comme ça. Une nouvelle douleur lui transperça l'abdomen et le fit se replier en deux. Il se passa quelques secondes encore, puis il perçut un bruit mou dans l'appartement.

« PAULINE !!! »

Il n'y eut pas de réponse.

« Pauline je ne sais pas ce qu'il se passe mais viens ici s'il te plait ! Je ne peux pas me lever tout de suite ! Viens me parler à travers la porte des chiottes ! »

Olympe courut les derniers mètres sur la pointes des pieds, fit grincer les gonds de l'armoire et s'empara du fusil.

Marie était paralysée, hypnotisée de terreur par cette excroissance obscène enracinée au mur. Elle voulait fuir. Mais pour sortir, il lui fallait passer tout à côté de cette chose pour gagner le couloir menant à la porte d'entrée. *Je ne veux pas, je ne veux pas*, ne cessait-elle de répéter, la lèvre inférieure tremblante d'hystérie.

Et au mur, l'amas de fibre ne cessait d'enfler, comme si ses propres chairs se débattaient. *Si je dois m'enfuir c'est maintenant. Ça grossit. Après, ce sera trop tard.* Elle se concentra du mieux qu'elle put, tenta de visualiser mentalement les bonds qu'elle devrait faire pour s'extraire le plus précisément possible de ce traquenard sans frôler l'organe immonde. Elle ferma les yeux, émit une brève prière et fonça en avant.

Elle se précipita en direction du couloir, prenant soin d'atterrir le plus loin possible du mur enflé. Elle se trouva face à l'excroissance durant une fraction de seconde. *C'est fini. J'ai réussi.* Elle n'avait plus qu'à se ruer à l'extérieur, et dévaler les marches tapissées de l'immeuble jusqu'au rez-de-chaussée.

Et la chose sur le mur eut un spasme qui la fit doubler de volume dans un bruit terrifiant de déchirement de tissus visqueux, et entra en contact avec son bras droit. Une matière gluante et chaude. Marie hurla et tira sur son bras. En vain. Puis elle se sentit tirée sur le côté.

Elle ne pouvait pas s'extraire de cette chose ignoble. Elle comprit très vite, malgré l'incrédulité, que c'était bien pire que cela. Cet amas vivant et palpitant collé au mur était en train de l'aspirer.

L'adolescente secoua violemment tout le reste de son corps à l'aveugle, projetant ses jambes et son bras libre en tous sens pour se dégager. Mais la chose l'absorbait patiemment. Ses cheveux furent bientôt happés dans les membranes et avalés. Elle tira, hystérique, s'arracha un pan de cuir chevelu, mais la bête énervée enfla encore et lui absorba toute la tête, faisant taire à jamais l'adolescente.

Quelques secondes plus tard. Marie fut entièrement avalée.

***

« Pauline, vient me voir je t'ai dit !!! ».

Amaury essuya sa nuque en sueur. Il entendit que l'on se rapprochait des toilettes.

« Enfin, t'es dure d'oreille ou quoi ? Pourquoi tu criais ? »

Amaury voulu se relever, mais une douleur sourde lui comprimait le ventre. Et Pauline ne répondait pas.

« Bon, t'es toujours là ? »

Il attendit la réponse. Cela s'éternisa. *Elle a dû retourner dans sa chambre.* Et il y eut un bruit derrière la porte. Quelque chose comme un souffle.

« Pauline réponds moi, tu commences à me foutre le jetons là, qu'est-ce que t'as ? »

Silence. Et de nouveau, le même souffle derrière la porte, l'expiration d'un pneumatique qui crève. Une autre douleur lui traversa les entrailles qui n'avait rien à voir avec celle dont il souffrait déjà. Une douleur tiède, une suée froide. La peur. Car il savait désormais que ce qui se tenait derrière la porte n'était pas sa sœur.

\*\*\*

Olympe se colla dos au mur. Elle tenait l'arme contre elle, la serrait dans ses mains transpirantes. Elle longeait le mur sur la pointe des pieds. Elle n'entendait rien d'autre que le tapage de la panique dans sa tête.

*Il n'y a personne, c'est insensé. S'il y avait un voleur, il serait en train de faire son marché, de retourner la baraque pour repartir au plus vite. Ou alors il y a eu quelqu'un et il est déjà reparti.*

Elle voulait rappeler Lanvin qui avait disparu. Peut-être avait-il couru après l'intrus. Il allait finir par revenir, au galop et essoufflé. En attendant, Olympe sentit la pression desserrer ses griffes sur ses épaules. Elle se força à respirer doucement et, avec précaution, entama sa ronde du rez-de-chaussée sur la pointe des pieds.

Amaury remonta son jogging entassé à ses chevilles jusqu'aux genoux. Il ne pouvait se lever tout de suite, raidi par l'angoisse. Un nouveau souffle derrière la porte. Il cessa tout mouvement. Comme si l'immobilité pouvait le rendre indétectable.

La fente s'assombrit sous la porte des toilettes. L'ombre épaisse qui s'étalait derrière en occupait toute la largeur. Le cœur d'Amaury s'affola sans que le jeune homme ne puisse effectuer le moindre mouvement. Il était coincé là. Et il ne savait pas où était sa sœur. Un couinement s'échappa de sa gorge. Et sous la porte, l'ombre se fraya un chemin.

Une matière sombre et épaisse découla par l'interstice. Aussi sombre que le visage de l'adolescent devint pâle. Ses pupilles s'élargirent en même temps que la flaque sur le carrelage. Le liquide se répandit, rampant vers ses pieds. Une nappe grumeleuse, chargée de particules molles gorgées de cette matière liquide infecte. La flaque s'étendait, chargée d'une odeur putride de sang et de viande crue. Amaury sentit quelque chose d'acide lui remonter l'estomac et un goût le métal lui emplir la bouche.

La flaque cessa de grandir, arrêta sa progression à quelques centimètres de ses pieds. Amaury s'autorisa à respirer. Quelques secondes seulement. Avant que le liquide répandu à ses pieds de s'élève en hauteur. Ses intestins lâchèrent une dernière fois.

Et la flaque s'éleva, se solidifiant centimètre par centimètre, se muait en matière compacte. Des bulles se formaient sur la chose qui grossissaient et éclataient dans le vide.

Amaury n'était plus qu'une statue terrorisée, condamné à regarder le monstre grossir devant lui. Les fils se tissèrent, les fibres se nouaient entre elles en veines tressaillantes. Le tas sans forme enfla, s'élevant jusqu'au plafond le temps d'un souffle.

La mâchoire du jeune homme pendait tandis qu'il levait la tête, ses mains s'étaient tétanisées au bout de ses bras ballants de chaque côté de la cuvette en faïence. Il ne pensait plus rien, n'était plus capable de la moindre déduction, le cerveau givré par l'horreur.

Le menhir de chairs à vif cessa de bouger. Seules ses parois palpitantes restèrent en mouvement comme autant de bouches qui respiraient. Une. Deux. Trois. Quatre. Cinq secondes de répit. Et la chose s'abattit sur lui.

Des centaines de bouches minuscules s'ouvrirent en même temps, appliquant leurs lèvres difformes sur le jeune homme hurlant. Il n'en resta bien vite que quelques lambeaux de vêtements.

\*\*\*

Olympe avait atteint le salon. La pièce, rassurante, était chaleureusement éclairée des lampes qu'elle avait laissées allumées et du feu qui mourrait dans la cheminée.

A travers la fenêtre, une silhouette basse bougea dans le parc éteint. Olympe s'empressa de la mettre en joue depuis l'intérieur, le cœur battant, sans aucune intention de tirer. La seconde suivante, un grincement de rire s'échappa d'entre ses dents. C'était Lanvin qui faisait sa promenade du soir. Il trottait, insouciant, avant d'aller çà et là arroser buissons et massifs, loin, très loin de l'attitude d'un chien de garde sur le qui-vive.

*Imbécile, il était juste sorti pisser !*

Olympe relâcha son arme, poussa un gros soupir et sa tension se mua en fou rire. Tout allait bien. Il n'y avait jamais eu personne dans la maison. Elle passait un samedi soir ordinaire à la campagne, et Amaury allait l'appeler. D'ailleurs, il était en retard. Dans son inspection fébrile de la maison, elle n'avait pas entendu le retentissement strident de la sonnerie du téléphone. Il avait dû avoir un contretemps. Mais il ne tarderait pas à appeler.

Bientôt, ses parents rentreraient, les joues rosies par le dîner et le court trajet dans le froid de la voiture jusqu'au porche. Ils l'embrasseraient avant de filer dormir à l'étage, repus et encore bavards. Comme elle les aimait. Elle était trop pudique pour le leur dire avec des mots. Un jour, elle se lancerait. Peut-être lorsqu'elle se marierait. Peut-être avec Amaury. Peut-être lors du discours de sa première exposition, lorsqu'elle sera peintre. Elle leur dira.

En attendant, elle regardait son chien adoré faire le fou, courant après l'ombre d'un écureuil sur le chemin. Elle sourit et rêva à plus tard, à l'avenir qu'elle ne connaissait pas tandis qu'une demi-lune émergea d'un nuage, féerique.

Alors qu'elle contemplait ce tableau merveilleux bercée par les crépitements de l'âtre, elle ne vit pas la créature sortir lentement de la cheminée. Et, rampant en silence, se glisser derrière elle.

**PLUS RIEN ICI**

Ce ne fut que lors de l'atterrissage qu'Andrew Ryan se souvint qu'il était américain. Cela faisait bien des années qu'il avait occulté sa nationalité. Seul son nom, et les rentes de la maison où il avait grandi le lui rappelaient vaguement de temps en temps. Mais le fait était que, depuis bien longtemps, il vivait sur un autre continent.

Il se recoiffa d'une main en regardant distraitement par le hublot le tarmac se rapprocher de l'avion en reboutonnant le col de sa chemise. Il ne ressentait rien, aucune émotion. Il avait pris ce vol et traversé l'Atlantique comme il aurait hélé un taxi pour traverser Frankfort, en costume, un bagage cabine en plus. Il avait quelques papiers à signer dès le lendemain. Après cela, il n'aurait plus rien à voir avec l'Amérique. Il ne s'était jamais senti d'ici.

Il sortit de l'avion en s'étirant à peine, marcha légèrement débraillé à travers les couloirs, passa les halls et se dirigea vers l'agence de location de voitures.

\*\*\*

Il parcouru les deux heures de trajet en automate. Il n'était jamais revenu aux Etats Unis en neuf ans, depuis qu'il avait y enterré son père.

Il n'y avait aucune raison, car avant cela, il était déjà parti trop loin depuis trop longtemps. Il aurait pu douter, se perdre, activer le GPS par précaution. Mais l'aisance avec laquelle il avalait les kilomètres d'asphalte lui prouva après coup qu'il avait eu raison. Que rien n'avait changé.

Chose qui se confirma lorsqu'il s'engagea dans sa ville natale. Tout ou presque était resté à sa place. Les enseignes, pour la plupart, étaient identiques. Les immeubles, les boutiques, les restaurants, les diverses agences qui bordaient Main Street. Certaines avaient été rafraichies, s'étaient offertes un coup de peinture et un nouveau logo, d'autres avaient changé d'activité tout en demeurant reconnaissables. Le peu de changement, les nouveaux films à l'affiche du vieux cinéma, n'étaient qu'un peu de maquillage.

Les mêmes figurants sillonnaient les rues, se rendaient aux mêmes endroits, vers les mêmes destinées, les mêmes objectifs. Seul le style vestimentaire, les coupes de cheveux, avaient connu une sensible évolution. Et ces figurants étaient aujourd'hui, pour la plupart, munis de téléphones portables.

Andrew tourna à un carrefour et s'éloigna du centre-ville. Il longea les allées résidentielles qui montaient et descendaient, s'écartant des enfants qui dévalaient dangereusement les pentes à fond sur leurs vélos. Il avait fait la même chose qu'eux au même âge.

Il s'arrêta devant la grande maison blanche à deux étages et son vaste jardin dormant derrière la clôture.

***

Après lui avoir serré la main, Andrew n'avait pas adressé le moindre mot à l'agent immobilier qui, depuis qu'ils étaient entrés dans la maison, le suivait fébrilement à travers toutes les pièces vides.

Les murs avaient été rafraichis, les parquets entièrement rénovés, les deux salles de bains et la cuisine avaient été radicalement modernisées et la façade ravalée, sur la demande d'Andrew, afin d'en obtenir un prix plus élevé. Les espaces avaient recouvré leur prestige, tant et si bien que l'agent en transpirait, anxieux qu'il était d'imaginer son client changer d'avis, de décider de finalement garder cette maison. Il pourrait dire adieu à la commission la plus généreuse de ces six derniers mois. Il guettait la nuque d'Andrew qui venait d'effectuer le tour complet des lieux et contemplait à présent la cheminée restaurée du double séjour. L'agent décida de s'éclaircir poliment la gorge afin de manifester son existence. Chose qui se mua en toux fort disgracieuse qui fit écho dans la pièce vide.

« C'est parfait, conclut Andrew sans se retourner.
- Ah oui ? Ravi que cela vous convienne, Monsieur Ryan.

- Vous avez fait du beau travail. Tout est en ordre pour la signature ?
- Absolument. Demain à seize heures chez l'avocat.
- Parfait. »

Andrew lui serra la main et sortit regagner sa voiture. Son interlocuteur resta sur le porche et le regarda démarrer et s'éloigner.

« Un drôle d'animal, celui-là ».

***

« Vingt-quatre heures encore à tuer dans ce trou », pensa-t-il au volant. Il avait emmené son ordinateur portable, mais n'avait aucune envie de traiter ses mails ici. Avant de partir, il avait demandé à son équipe de ne le contacter que par téléphone et en cas d'urgence réelle, car il savait que devoir faire ce voyage allait le mettre de mauvaise humeur. Et plus que d'accoutumée. Car Andrew Ryan était déjà d'un naturel exécrable.

Il consulta son portable. Personne ne l'avait appelé d'autre que sa mère lorsqu'il était sur la route. Et elle n'avait pas laissé de message. Il s'arrêta devant son ancien lycée et s'adossa à la carrosserie en sortant son téléphone sans même jeter un œil au vieux bâtiment. Les lieux, désertés par les vacances d'été, étaient d'un calme hypnotique.

« C'est toi mon chéri ? Tu ne m'as pas rappelée. Tout va bien ? Tu es bien arrivé ?

- Oui maman, tout va bien. Je sors du rendez-vous avec l'agence.
- Alors ? Tu vends la maison finalement ?
- Oui. C'est ce qui était prévu. Je me suis déplacé pour ça.
- Tu as bien réfléchi ? Tu n'avais pas besoin de cet argent, si ?
- Non. Mais je n'ai pas besoin de cette maison.
- C'est toi qui décides, soupira sa mère. Elle était jolie. Ils l'ont bien remise en état ?
- Elle est comme neuve. Pareille qu'avant, mais en mieux.
- C'est quand même dommage.
- Si tu l'aimais tant, pourquoi tu n'y es pas restée ? fit-il, sentant l'exaspération venir à grand coups de sabots.
- C'était ton père, que je n'aimais pas. Et l'Amérique, un peu comme toi.
- Ok. Super. Bon je dois y aller. Salut maman. »

Il raccrocha avant qu'elle ne lui dise au-revoir. Il aimait sa mère, mais elle l'énervait très rapidement. C'était quasi instantané, au bout que quelques mots seulement. Il raccrochait toujours avant qu'elle ne commence à jouer de la harpe avec ses nerfs, c'était mieux pour tout le monde.

Il s'étira, bailla, se frotta le visage. Le voyage avait fini par le fatiguer après coup. Il observa la cour de récréation à travers la grille. Quelques oiseaux s'y promenaient dans la quiétude la plus absolue. L'école sentait les briques chaudes et l'herbe humide. Un léger vent d'été vient froisser les papiers exposés sur le panneau d'affichage près du portail. Un prospectus d'en décolla et fit plusieurs figures dans les airs avant de terminer sa chute sur les chaussures d'Andrew. Il dégagea le papier d'un mouvement sec, par réflexe, et le repoussa plus loin en y imprimant la marque de sa semelle.

Il rouvrit la portière de sa voiture quand, saisi d'une soudaine curiosité, il se baissa pour ramasser la feuille souillée. Un papier blanc de mauvaise qualité imprimé de grossiers caractères noirs agressifs mal détourés, avec des polices de taille différentes à donner mal à la tête.

« REUNION D'ANCIENS !!!! » paraissait hurler l'affiche.

Andrew cligna des yeux pour s'accoutumer à l'aspect brutal de cette invitation et acheva de lire :
Promo 96
Comme chaque année
Rendez-vous le 18 juillet à 19h
Salle de séminaire Conrad

Andrew fit un rapide calcul mental du passé tandis qu'il étudiait de mémoire le calendrier. Il arriva ainsi à la conclusion qu'une réunion de sa promotion vingt ans après aurait lieu le lendemain soir alors qu'il serait dans l'avion. Et qu'il s'en foutait cordialement.

Fort de ces constatations, il rendit le papier au souffle du vent.

\*\*\*

Il ressortit de l'hôtel presque aussitôt qu'il y était entré. Il faisait encore jour, les rues étaient calmes. Il avait envie de marcher. L'immobilité du vol et de la route lui avait donné des fourmis dans les jambes. Il déboutonna son col, retroussa les manches de sa chemise et se mit en route vert nulle part.

Nulle part, c'est ce qu'il avait toujours pensé de cette ville, depuis qu'il avait été en âge de penser et de lire. Il avait lu et découvert d'autres mondes à travers la littérature, des mondes d'aventure, de pouvoir et d'intelligence dont il ne retrouvait rien ici. Il avait bien vite compris qu'il évoluait dans ce qu'il qualifiait de contrée de bouseux et qu'un jour, le plus proche possible, il partirait d'ici.

Il avait manqué sa première occasion, lorsque, adolescent, sa mère avait quitté son père pour retourner dans sa ville d'origine, à Nice. Andrew rêvait de l'Europe depuis toujours mais ses parents avaient décidé les choses autrement. La raison officielle invoquée par sa mère était qu'il fallait qu'il termine le lycée ici. La moins avouable était qu'elle souhaitait refaire sa vie au plus vite et qu'avoir son fils dans les pattes aurait ralenti cette affaire.

Il n'avait pu quitter sa ville natale qu'après le lycée pour s'échapper à l'Université, et les Etats Unis pour achever ses études en Angleterre.

\*\*\*

Le jour tombait. L'éclairage public se levait. Constatant qu'il avait fait très vite le tour des rues principales et que son ventre vide commençait à se manifester, il se dirigea vers le Martha's Diner. Si Martha était décédée depuis le départ d'Andrew et que le personnel et le revêtement criard des banquettes avait été intégralement remplacés, l'établissement était intact. Le carrelage noir et blanc brillait comme avant, et le menu, maintes fois réimprimé, proposait toujours les mêmes plats à faire s'évanouir végétariens et autres adeptes de la diététique.

Une serveuse souriante aux cheveux décolorés l'installa dans un box qu'elle paraissait lui avoir rigoureusement sélectionné parmi une majorité de tables désertes. Il étudia le menu et opta pour le burger le plus calorique.

***

Il terminait ses frites tièdes avec les doigts, plongé dans la lecture du journal local souillé de tâches de gras. Au fil des articles, il s'informa avec intérêt des plans de réaménagement d'un carrefour dangereux à la sortie de la ville dont une pente abrupte avait causé de trop nombreux accidents mortels, tant et si bien que la bretelle de goudron incriminée avaient été rebaptisée « Evil Road » par les gens du coin. Il était également question du départ à la retraite de la patronne du plus ancien salon de coiffure de la rue principale et des présentations en grande

pompe de sa remplaçante, de l'inauguration d'une épicerie bio, de l'avancée du chantier d'un nouveau quartier, des nouvelles activités proposées cette année aux enfants et adolescents qui ne partaient pas en vacances, et du passage en ville, interview à l'appui, d'un acteur dont Andrew n'avait jamais entendu parler, et d'une ... *Andy Ryan ?*
Il sursauta.

Debout devant sa table se tenait une femme d'une trentaine d'années vêtue comme une adolescente. Elle portait un jean usé, des tennis et un tee-shirt décolleté vert pâle passé mille fois en machine. Ses vêtements contrastaient avec son âge et sa silhouette élégante. Ses cheveux d'un blond naturel un peu terne étaient maladroitement retenus par un élastique. La queue de cheval en équilibre instable lui caressait le côté droit du visage. Elle avait l'art singulier de conserver un port de tête altier tout en mâchant un chewing-gum, tranchant la pâte orange fluo entre ses dents parfaites. Son regard marron, tacheté de vert, scrutait le visage d'Andrew, l'étudiait en silence.

Andrew resta confit dans une raideur perplexe. Il ne savait ni à qui il avait affaire, ni comment se comporter. Puis l'étrangère émit un bref rire rocailleux qu'elle conclut par :

« Amnésique ? Je m'appelle Scarlett Bowen, si ça peut aider ... »

Le cerveau d'Andrew se mit à rassembler en urgence tous les fichiers du passé avec les gens qui allaient avec, qu'il aurait par miracle omis d'oublier. Le visage en face de lui commençait déjà à signifier quelque chose, il lui fallait le rajeunir de vingt ans, se l'imaginer adolescente, et la tenue vestimentaire aidait. Scarlett Bowen. Recherche du nom et du prénom dans la base de données. Un nom qu'il associait au lycée, mais sans en avoir la nette certitude. Elle l'avait appelé Andy. La piste de sa scolarité se confirmait.

« Scarlett Bowen » répéta-t-il tout bas, pour lui-même. Elle avait entendu, cependant. L'instant d'après, elle eut un sourire étrange, malicieux et dur, un sourire de carnivore, comme on s'imaginerait sourire un lion. Scarlett Bowen, en effet.

Ils avaient été dans la même classe sans jamais avoir été amis. Il l'avait oubliée, elle s'était souvenue de lui. Il lui revit le même sourire, vingt ans plus tôt. Et le visage à peine plus lisse à qui elle devait en partie sa popularité.

« Tu n'as pas changé », lança-t-il sans réfléchir.

Elle haussa les épaules en signe de fausse modestie.

« Tu permets ?
- Oui, je t'en prie », répondit-il alors qu'elle s'était déjà assise en face de lui.

Elle l'examina à distance. Puis parcourut la table des yeux, les restes du burger, les trois frites ramollies qui gisaient à côté de l'assiette et le gobelet de Coca XXL. Andrew se sentit d'un coup un peu gêné de ce menu honteux. Elle reposa les yeux sur lui et prononça son verdict.

« Toi t'as changé par contre.
- Ah ?
- Ouais. Mais je t'ai reconnu. »

Il se passa la main dans les cheveux. Il ne savait pas quoi répondre et passait pour un imbécile depuis deux minutes, et ce n'était pas dans ses habitudes. Elle le déstabilisait. Depuis bien des années, on s'adressait à lui avec respect, et dans le travail, il était fréquent que le respect se mue en crainte. Cela faisait trop longtemps qu'on ne s'était plus adressé à lui avec autant de familiarité. Et ça ne lui convenait pas du tout. Il croisa les mains devant lui sur la table et décida de reprendre la situation en main, de s'adresser à elle comme il le ferait lors d'un entretien professionnel. Ainsi, il inverserait vite fait les rôles.

« Et donc ? Peux-tu préciser en quoi j'ai changé ? »

Elle laissa planer un silence en le regardant droit dans les yeux. Et le défia d'une façon encore jamais vue lors d'un entretien, en soufflant une épaisse bulle de chewing-gum. Le bonbon enfla, jusqu'à atteindre la taille d'une balle de tennis. Puis la bulle disparut dans un claquement sonore.

« T'as l'air d'un grand seigneur, déclara Scarlett aussitôt après.
- C'est à dire ?
- Tu as pris des airs de patron. Tu fais le gars autoritaire.

- Si tu le dis », fit-il, vexé.

En effet, autoritaire, il l'était. Mais il venait de se rendre compte que ça ne marchait pas tellement de l'autre côté de l'Atlantique. Et encore moins ici.

« Laisse-moi deviner, dit-elle avec l'air de regarder *à travers* lui. Ce n'est pas très compliqué. Tu as fait des grandes études. Après ça, tu es parti loin. Assez, en tout cas, pour oublier où tu as grandi.
- Je travaille dans la finance à Frankfort. C'est en Allemagne, pour te situer un peu. L'Allemagne, c'est en ... »

Elle le coupa par un soupir indulgent, de ceux que font les mères aux élucubrations candides de leurs enfants.

« Qu'est-ce que tu crois, mon petit ? Que parce que je suis restée ici je suis stupide ? Que parce que je tiens une station d'essence je suis forcément inculte ? Parce que j'ai repris l'affaire de mon père, je ne rentre pas dans tes normes intellectuelles ? »

Andrew se sentit stupide, lourd. Elle paraissait le considérer comme un gratte-papier, sans qu'il n'ait à l'instant les moyens de lui prouver qu'il était bien plus que ça, alors c'était vain.

« C'est la station Bowen ? Je m'en souviens. Avec des grandes lettres bleues et jaunes ?
- C'est ça. Les couleurs ont changé depuis ton départ.
- Ça fait combien de temps ?

- Douze ans. Quand mon père est mort, j'ai repris.
- Ça marche bien ?
- Plutôt pas mal. Les gens ont toujours besoin d'essence.
- Tu es heureuse ?
- Et toi ? »

Il réfléchit. Il fallait qu'il se dépêche de répondre. Il est mal vu d'hésiter, sur ce genre de question.

« Oui, bien sûr.
- Cool, conclut-elle en soufflant une nouvelle bulle.
- Et toi ? La vie d'ici te plaît ?
- J'ai jamais connu autre chose et je ne m'en porte pas plus mal. Donc j'imagine que oui. J'ai tout ici, je suppose.
- Tout, ça inclut un mari et des enfants ?
- Mon mari est parti. Et j'ai pas d'enfants.
- Je suis désolé.
- Pas la peine. Et toi ?
- Rien de tout ça.
- Et donc, tu es épanoui.
- Oui ».

Il n'y eut ni hargne, ni dédain, ni défi dans au cours des derniers mots échangés. Juste un constat placide, un déballage amorphe, un passé en pointillé, un présent sans adjectif précis, étalés sur la table au milieu des tâches et des miettes.

Les coudes sur la table, elle regardait la nuit à travers la baie vitrée en se rongeant l'ongle du pouce. Des odeurs de shampoing à la lavande, d'après rasage, d'eau de Cologne et de parfum aux agrumes volaient au-dessus de la table, se répondaient, prolongeant la conversation morte.

« Je dois y aller, Andy Ryan », annonça-elle en se levant.

Elle avait l'air épuisée, d'un coup. Andrew pensa à Cendrillon. Il ne s'agissait pas de robe de bal devenue haillons ni de chaussure perdue, mais de vie perdue, de cernes sous les yeux, du pli affligé entre les sourcils d'une princesse fatiguée.

« Tu vas où ?
- Chez moi. Où d'autre ...
- Oui ... oui. Question bête, tu as raison.
- Il y a une réunion d'anciens de notre promo demain, si tu es encore là.
- Je serai déjà reparti.
- Ok. Au revoir, Andy. Ravie de t'avoir revu ».

Il avait la sensation d'avoir eu les mots coincés au fond de la gorge, piégés au point qu'elle avait déjà disparu lorsqu'il lui répondit.

***

Le calme. Aucun grondement de moteur, aucun trafic nocturne, nul bruit de pas. Juste un véhicule qui traversait la ville de temps en temps, presque en s'excusant, comme passant la pointe des pneus. Le concierge de l'hôtel était probablement le seul être humain à se tenir debout à des kilomètres à la ronde cette heure-ci. Un silence à dormir une vie. Pourtant, quelques étages plus haut, Andrew gardait les yeux ouverts, allongé par-dessus les draps un peu rêches. Il voyait les heures défiler. Il alla à la fenêtre, souleva le store d'un geste las. La rue dormait profondément, avec des veilleuses sous formes de néons multicolores.

Ce qui l'ennuyait le plus, c'était de savoir que le décalage horaire n'avait rien à voir avec son insomnie. Ce qui l'ennuyait le plus, c'était qu'il n'avait jamais vu la beauté d'ici.

\*\*\*

Il était près de onze heures, lorsqu'il avait ouvert les yeux. Il s'était douché à la hâte et était descendu commander un club sandwich au bar de l'hôtel. Il n'avait pu en avaler que deux bouchées. Il était remonté dans sa chambre et avait tourné en rond une heure durant. L'heure du rendez-vous approchait. Il décrocha le téléphone de l'hôtel et composa le numéro de portable de l'homme dont il regrettait qu'il fut son supérieur.

« Salut Andrew. Alors, ça se passe bien là-bas ? Tu renoues avec tes racines ?
- On peut dire ça.
- Content de l'apprendre. Tu as reçu les mails que je t'ai transférés ?
- Non. C'est urgent ?
- Non, rien d'urgent. Ça peut attendre ton retour.
- Justement, je voulais te dire ... à propos de mon retour ... Je vais rester quelques jours de plus.

- Ah bon ?! Tu as un imprévu ?
- Oui, plus ou moins.
- Bon, bon ... Tu reviens quand du coup ?
- Dans trois jours. Si ça ne pose pas de problème. »

Il perçut un soupir fatigué dans le combiné.

« Bon ok, mais pas plus, d'accord ? C'était pas prévu et on va être limite si tu t'éternises.
- C'est bon. »

Il entendit son patron hésiter.

« Tout va bien Andrew ?
- Tout va bien oui.
- Dans ce cas ... à la semaine prochaine ».

Il raccrocha et contacta la réception pour demander d'échanger son billet de retour. Il fit une pause, se recoiffa, prit une grande inspiration en essuyant ses mains moites sur son pantalon et composa le numéro de l'agent immobilier. Il tomba sur la messagerie.

« Bonjour, Andrew Ryan. Merci d'annuler le rendez-vous pour la signature. Je ne veux plus vendre la maison ».

\*\*\*

Andrew démarra et sortit de la ville. Il traversa les champs alentours et longea la forêt avec Johnny Cash, poussant le volume de la radio au maximum acceptable. Il traversa les villages à toute vitesse sans s'arrêter nulle part. Il ne s'arrêta pas non plus lorsque la sonnerie du téléphone devint harcelante. Il n'était pas question qu'il ralentisse. Pour la première fois depuis des années, il se sentait libre.

Il baissa le volume lorsqu'il alluma le cigare qu'il avait rangé dans la boîte à gants. Il l'avait gardé là pour le fumer une fois la vente conclue. Il s'accouda à la fenêtre, laissant une trace de fumée derrière lui sur la route étroite. Il allait garder cette maison. Il allait revenir. Car, après tout, il était d'ici.

\*\*\*

Il sentit un délicieux frisson le traverser, lorsqu'il entra dans la salle de séminaire armé d'un jean, d'un tee-shirt en coton et du bouquet de fleurs sauvages destiné à Scarlett. Une vingtaines d'hommes et de femmes de son âge bavardaient joyeusement dans la vaste pièce. Une cacophonie d'exclamations, d'accolades et de gloussements surgissant d'un fond de conversations suivies tant bien que mal. Tout ce monde se retrouvait devant une large table recouverte de gobelets en carton, de chips, de bouteilles de sodas et de bières.

Planté à l'entrée, étrangement intimidé, Andrew cherchait Scarlett parmi les invités. Il pensa avoir reconnu le visage de son ancien binôme de cours de chimie. Il avait de la barbe, désormais, et une queue de cheval qui courrait loin sur une chemise à carreaux vert. Un peu plus loin, décapsulant une bière se trouvait une femme abîmée avec de jolis restes. Il se souvint avoir fait plusieurs fois le chemin du retour en vélo avec elle. Il y avait Trevor, aussi. La terreur qui martyrisait ses camarades, les intimidants par sa seule force physique. Mais il s'avérait que la brute épaisse s'était métamorphosée en notable de province à la chemisette impeccable.

A les observer, il devina que certains d'entre eux se côtoyaient tous les jours. Il paraissait même évident que quelques uns s'étaient mariés entre eux. D'autres semblaient avoir disparu, sans s'être éloignés si loin que ça, assez pour provoquer des retrouvailles intenses, mais pas suffisamment pour tomber dans l'oubli ni manquer cet évènement.

Andrew, cherchant toujours Scarlett, remarqua qu'il ne se contentait pas de rester en retrait. Il était presque invisible. Personne ne prêtait attention à lui. Personne, ne semblait l'avoir reconnu. Ici, en fait, il n'était *personne*.

« Andrew ? »

Ou peut-être que si, tout compte fait. Andrew tourna la tête vers la voix masculine qui venait de prononcer son nom avec l'air de ne pas y croire. Il identifia son interlocuteur qui portait de fines lunettes et une épaisse moustache.

« Charly ?
- Ahah c'est bien toi mon vieux !?
- Bah ... je crois oui, un peu ! »

Il examina son ancien camarade. Charly avait été plus que cela. Charly avait été le camarade de classe avec lequel Andrew avait passé le plus de temps, avec qui il était allé voir des films d'horreur pendant l'été, s'était échangé de l'aide pour les devoirs et des bandes dessinées. Charly avait été plus qu'un camarade, il avait été un véritable ami.

« Tu m'avais oublié on dirait ! s'exclama Charly. Bon, je vais être honnête : moi aussi. Mais ça revient maintenant. Ça me revient et j'en reviens pas ! Attends que je te regarde ! La vache mais t'as la super classe ! T'étais planqué où toutes ces années pour revenir aussi frais ?!
- En Europe. Planqué, comme tu dis. Mais je compte revenir m'installer par ici. J'ai déjà la maison, les diplômes, et assez d'argent pour lancer un business dont je n'ai pas encore l'idée.
- Sérieusement ?
- Très sérieusement.
- Viens là que je t'embrasse ! »

Andrew serra son vieux copain dans les bras. Il ne l'avait pas vu depuis vingt ans. Il avait depuis pensé vaguement à lui de temps en temps, et l'avait même complètement oublié en atterrissant hier. Mais à ce moment précis, il eut l'impression qu'ils n'avaient jamais cessé d'être amis, qu'à peu de choses près, ils s'étaient quittés l'avant-veille.

« Et toi alors ? Toujours dans le coin ?
- Comme tu vois.
- Qu'est-ce que tu fais ?
- J'ai monté ma boite. Dans les assurances. Ça marche pas mal.
- Une femme ? Des enfants ?

- Les deux oui ! J'ai trois gosses. Le quatrième est en cours.
- Félicitations. Je suis heureux pour toi.
- Et toi ? La famille ?
- Rien.
- Un beau gosse comme toi ? Tu me charries c'est pas possible. »

Andrew haussa les épaules.

« C'est comme ça.
- Allez je ne m'inquiète pas pour toi. Je vais te présenter quelques célibataires. Ma femme a plein de copines divorcées.
- Ça laisse rêveur !
- Ahah qu'est-ce que tu veux !? On se marie tôt ici. Voilà ce que c'est quand on arrive après la bataille. Mais d'ailleurs, je vois que tu es venu avec des fleurs. Tu dois déjà avoir une idée en tête non ? »

Andrew se surprit à rougir comme une adolescente et se gratta nerveusement derrière l'oreille. Son ami s'esclaffa.

« Allez dis moi ! Ces fleurs sont bien pour quelqu'un d'ici ? C'est qui ? Je connais tout le monde, moi. Je te dirai si c'est jouable ou pas, les fleurs, tout ça.
- C'est pour Scarlett. »

En moins d'une seconde, l'expression joviale de Charly se mua en un masque triste.

« Ah ... Oui bien sûr. Pourquoi tu ne les as pas déposées avant de venir ?
- Déposé quoi ?... Ça va mec ? Tu fais une drôle de tête.

- Au cimetière. Tu aurais dû mettre les fleurs sur sa tombe avant de venir.
- Quelle tombe ? Pardon, tu dois confondre. Je te parle de Scarlett Bowen. On s'est croisés hier soir. »

Charly soupira, accablé.

« Tu as du confondre, mon vieux. Scarlett Bowen est morte il y a sept ans. »

Andrew s'étrangla d'incompréhension. Charly était tellement sûr de lui, et il lui semblait trop incorrect de le contredire, mais l'origine du désaccord était d'un absurde spectaculaire. Il rassembla ses esprits à la hâte afin d'expliquer le plus délicatement du monde à son ami qu'il y avait forcément une erreur dans le dossier. Il avait parlé hier avec Scarlett. Ce qui n'aurait pas été faisable si la jeune femme était déjà décédée. Il ne savait pas où commencer, c'était trop confus, trop délicat. Charly se lança avant qu'il n'ait pu tenter quoi que ce soit.

« Tu sais, il y a ce carrefour, pas loin. Il débouche sur l' « Evil Road ». On l'appelle comme ça parce que c'est dangereux, c'est abrupt, et la visibilité est mauvaise. Il y a encore eu un mort le mois dernier. Bref, Scarlett, elle, c'était il y a plus longtemps. Elle roulait sans doute trop vite. Elle aimait bien rouler vite. Ce soir-là, elle aurait dû ralentir. Elle est morte sur le coup. Je suis désolé vieux. »

Andrew était planté devant son ami, sans bouger, les yeux écarquillés de stupeur. Il laissa tomber son bouquet. Charly le dévisageait avec l'air contrit de celui qui annonce une trop mauvaise nouvelle, et guettait sa réaction avec inquiétude.

Andrew, lui, ne regardait pas Charly dans les yeux mais par-dessus son épaule, derrière son ami, de l'autre côté de la baie vitrée.

Sur le parking, les mains appuyées sur le verre, Scarlett fixait Andrew à travers ses orbites vides. Quelques mèches blondes engluées dans la chair de son crâne volaient sur le côté. De sa bouche décharnée jailli quelque chose qui n'avait rien à voir avec son corps en décomposition. La chose enfla, grotesque.

Un bulle de chewing-gum atrocement difforme, qui éclata contre la vitre.

-FIN-

# NOTES

## PLUS RIEN ICI

L'été de mes dix-sept ans, nous sommes allés visiter en famille le village natal d'un de mes oncles, perché dans les montagnes du nord de l'Italie. Je faisais tous les trajets dans la jeep de mon oncle tandis que mes parents et mes frères suivaient derrière. C'était bien plus drôle, on écoutait à fond ses compilations de cassettes mélangeant sans complexe Mickael Jackson, les Platters et la Pop italienne des années 70. Le comble du cool, c'est qu'il me laissait fumer dans sa voiture et surtout, il me racontait toutes les légendes locales de son village. Parmi ces histoires, il y avait celle d'un étranger qui s'était longuement entretenu avec un inconnu du village dont on lui apprit plus tard dans la journée que cet individu était décédé depuis fort longtemps. C'est l'histoire que j'ai le mieux retenue.

## LETTRE A VINCENT

Tout à fait par hasard, je me suis récemment laissée porter par des récits, documents et autres enquêtes sur la vie de Van Gogh. J'ai été bouleversée par son immense détresse, sa folie contre laquelle il ne pouvait rien, son génie retranché dans une solitude morale inhumaine.

C'est une histoire d'horreur dans le sens où ces maladies terrifiantes existent. C'est d'ailleurs très légitimement que le jour de sa naissance a été choisi comme date annuelle pour la journée mondiale du trouble maniaco-dépressif. Par ce texte, je voulais lui rendre hommage en le dédouanant autant que faire se peut de toute responsabilité par rapport à l'horreur de ce qu'est une maladie psychiatrique grave. Van Gogh n'a pas eu la vie qu'il méritait, à défaut de cela il mérite une révérence éternelle.

## SÉRIE B

Je n'ai aucun souvenir de comment le fil de cette histoire m'est venu. Il m'a sans doute été inspiré par cette citation de Ted Turner que je traduis ici : « la vie est un film de série B, vous ne voulez pas partir avant la fin, mais vous ne voulez jamais plus le revoir ».

## LES ALLUMÉS

Même problématique. Impossible de savoir comment est née cette idée. L'histoire est venue d'elle-même.

**VIRUS**

A l'origine, Virus aurait dû être une courte histoire tenant sur deux ou trois pages. Elle aurait dû raconter l'histoire d'un smiley qui sortait d'un téléphone portable pour dévorer une collégienne. Mais je déteste les smiley. Il n'y en avait pas à l'époque où j'ai commencé le lycée. Alors j'ai déplacé l'histoire à mon époque, avec autre chose.

## **REMERCIEMENTS**

Merci à tous ceux qui m'ont soutenue dans l'écriture de ce recueil.

Merci à Arnaud pour les corrections.

Merci à ceux qui m'aiment inconditionnellement sans que rien ne les y oblige.

Merci à ceux qui lisent mes livres, aux lecteurs qui me sont fidèles depuis longtemps et ceux qui m'ont découvert récemment.

Sincèrement,

Charline Quarré

**DU MÊME AUTEUR**

**ROMANS**

*A Contre-Jour*, 2011
*Pas ce Soir*, 2012 (Nommé au Prix Littéraire François Sagan 2013)

**RECUEILS DE NOUVELLES D'EPOUVANTE**

*Train Fantôme*, 2015
*Ecarlates*, 2016
*Made In Hell*, 2017
**Série B**, 2018

**ROMANS D'EPOUVANTE**

*Fille à Papa*, 2019
*Influx,* 2020
*Soap*, 2021

Site web de l'auteur : www.charlinequarre.com